戦国城

信長・秀吉・家康……天下人たちの夢 編

矢野 隆・作
森川 泉・絵

集英社みらい文庫

目次《もくじ》

はじめに

『戦国城《せんごくじょう》』第二弾《だいだん》です。

今回《こんかい》は百年《ひゃくねん》あまりつづいた戦国時代《せんごくじだい》を、終《お》わりにみちびいた三人《にん》の英雄《えいゆう》のお話《はなし》です。

織田信長《おだのぶなが》。

豊臣秀吉《とよとみひでよし》。

徳川家康《とくがわいえやす》。

あまりにも有名《ゆうめい》な三人《にん》です。教科書《きょうかしょ》にもかならず載《の》っていますよね。

もちろん、この三人《にん》も〝城《しろ》〟を築《きず》きました。

天下統一《てんかとういつ》という大《おお》きな流《なが》れのなかで、三人《にん》は、それぞれ個性的《こせいてき》な城《しろ》をつくります。

彼《かれ》らの築《きず》いた城《しろ》を見《み》てゆくと、三人《にん》それぞれの特徴《とくちょう》が見《み》えてくることでしょう。

日本《にほん》じゅうで戦《いくさ》が行《おこな》われ、それが当《あ》たり前《まえ》だった戦国時代《せんごくじだい》。

そんな時代《じだい》のなかで、いったいどれだけの人《ひと》が〝平和《へいわ》〟ということを考《かんが》えていたでしょう。

人《ひと》と人《ひと》が争《あらそ》う。

戦国《せんごく》の世《よ》はいつまでも続《つづ》く。

戦《いくさ》が無《な》くなるような世《よ》の中《なか》は永遠《えいえん》に来《こ》ない。

誰《だれ》もがそう思《おも》っていた時代《じだい》です。

そんな先《さき》の見《み》えない暗闇《くらやみ》のなかで、信長《のぶなが》たちは到底不可能《とうていふかのう》と思《おも》われていたことをなしとげようとしたのです。

戦《いくさ》のない世《よ》。

つまりは天下統一《てんかとういつ》です。

誰《だれ》もが無理《むり》だと思《おも》うようなことを実現《じつげん》させるのは、並大抵《なみたいてい》のことではありません。

けれども信長《のぶなが》たちは、三人《にん》で〝天下統一《てんかとういつ》〟という夢《ゆめ》のバトンをリレーするようにして、日本《にほん》から戦《いくさ》を無《な》くし、平和《へいわ》な世《よ》を築《きず》きました。

今回《こんかい》の作品《さくひん》では、彼《かれ》らの夢《ゆめ》のバトンのリレーを、城《しろ》を通《とお》して見《み》てゆきたいと思《おも》います。

それでは、はじめましょう。

矢野《やの》 隆《たかし》

この作品《さくひん》は、歴史上《れきしじょう》の出来事《できごと》をもとに、著者《ちょしゃ》の創作《そうさく》を交《まじ》えて描《えが》いています。

また、歴史《れきし》には諸説《しょせつ》あることが多《おお》いですが、おおよそ通説《つうせつ》といわれるものを参考《さんこう》にしています。

信長《のぶなが》、衝撃《しょうげき》のデビュー戦《せん》！

桶狭間《おけはざま》の戦《たたか》いと清洲城《きよすじょう》

戦国時代《せんごくじだい》の有名人《ゆうめいじん》といえば、誰《だれ》のことを思《おも》いうかべますか？

豊臣秀吉《とよとみひでよし》？

徳川家康《とくがわいえやす》？

それとも……。

いろんな人《ひと》の名前《なまえ》が出《で》てくるでしょう。

しかし、そのなかでも、とくに多《おお》くの人《ひと》が思《おも》いうかべるであろう人物《じんぶつ》がいます。

織田信長《おだのぶなが》。

秀吉《ひでよし》の主君《しゅくん》であり、家康《いえやす》とは兄弟《きょうだい》のように助《たす》けあい、天下統一《てんかとういつ》への扉《とびら》を開《ひら》いた人物《じんぶつ》です。

彼《かれ》がいなければ、秀吉《ひでよし》も家康《いえやす》も、はたして歴史《れきし》の表舞台《おもてぶたい》に立《た》てたかどうかわかりません。

それどころか、百年以上《ひゃくねんいじょう》もつづいた戦乱《せんらん》の終《お》わりも、もっと先《さき》になったことでしょう。

天下統一《てんかとういつ》への道《みち》は、信長《のぶなが》からはじまったのです。

そんな信長《のぶなが》が全国《ぜんこく》の大名《だいみょう》たちに名前《なまえ》を知《し》られた一戦《いっせん》は、たいへん劇的《げきてき》な決着《けっちゃく》をむかえた戦《たたか》いでした。

いわば信長《のぶなが》のデビュー戦《せん》ともいえる戦《いくさ》を、これから語《かた》ってゆきたいと思《おも》います。

織田家《おだけ》の大《おお》うつけ

信長《のぶなが》が生《う》まれたのは天文《てんぶん》三（一五三四）年《ねん》。戦国時代《せんごくじだい》の真《ま》っただ中《なか》のことです。

当時《とうじ》の日本《にほん》は、室町幕府《むろまちばくふ》によって各地《かくち》に置《お》かれた〝守護《しゅご》〟によって治《おさ》められていました。

幕府《ばくふ》の力《ちから》が弱《よわ》まり、守護《しゅご》たちはたがいの領土《りょうど》を広《ひろ》げることばかりを考《かんが》えるようになってゆきます。全国《ぜんこく》で争《あらそ》いがひんぱんに起《お》こりはじめました。

戦国《せんごく》と呼《よ》ばれている時代《じだい》は、こうして生《う》まれたのです。

守護《しゅご》を補佐《ほさ》する人《ひと》を〝守護代《しゅごだい》〟といいます。

信長《のぶなが》の生《う》まれた織田家《おだけ》は、この守護代《しゅごだい》よりも下《した》。守護代《しゅごだい》の一番《いちばん》の家臣《かしん》である〝家老《かろう》〟という職《しょく》をまかされた家《いえ》でした。

つまり信長《のぶなが》は、はじめから大名《だいみょう》だったわけではないのです。

「なんかおもしろいことはないか？」

ギラギラとした目《め》つきの若者《わかもの》が、大声《おおごえ》でかたわらの仲間《なかま》たちに聞《き》きます。

若者《わかもの》は仲間《なかま》の肩《かた》にもたれかかり、手《て》には瓜《うり》をもち、それを皮《かわ》ごとかじっては、種《たね》を道《みち》ばたに吐《は》きすてながら町《まち》を歩《ある》いていました。

行儀《ぎょうぎ》の悪《わる》い彼《かれ》のことを、町《まち》の人《ひと》たちが顔《かお》をしかめながら見《み》ています。

「またあの大《おお》うつけが来《き》たぞ」

「あんまり見《み》るな。なにをされるかわからんぞ」

声《こえ》をひそめながら、ささやきあっています。

瓜《うり》をかじり、仲間《なかま》と大声《おおごえ》で話《はな》している若者《わかもの》は、ひとびとの目《め》などいっさい気《き》にしていません。

「あの恰好《かっこう》を見《み》ろ」

「織田家《おだけ》の嫡男《ちゃくなん》が、あれでは先《さき》が思《おも》いやられるわ」

さっきとはべつの町人《ちょうにん》たちがささやきます。

〝嫡男《ちゃくなん》〟とは、跡継《あとつ》ぎの息子《むすこ》という意味《いみ》です。

若者《わかもの》は袖《そで》をざっくりと切《き》った着物《きもの》を着《き》て、長《なが》い髪《かみ》をうしろで乱暴《らんぼう》にたばねていました。

帯《おび》がわりに腰《こし》に締《し》めた縄《なわ》に、ひょうたんや食《た》べ物《もの》の入《はい》った袋《ふくろ》などをさげ、そこにさした刀《かたな》の鞘《さや》は朱塗《しゅぬ》りといって赤《あか》く塗《ぬ》った派手《はで》なものです。

その姿《すがた》はまるで、軽《かる》い身分《みぶん》の者《もの》のようでした。家老《かろう》の嫡男《ちゃくなん》とはとても思《おも》えません。

連《つ》れだって歩《ある》いている同世代《どうせだい》の仲間《なかま》たちは、彼《かれ》の家臣《かしん》です。その者《もの》たちも、派手《はで》で粗野《そや》な身《み》なりをしていました。

そんな集団《しゅうだん》が大声《おおごえ》で話《はな》しながら町《まち》をねり歩《ある》くのですから、ひとびとが顔《かお》をしかめるのも無理《むり》はありません。

「信長様《のぶながさま》は大《おお》うつけじゃ」

町人《ちょうにん》の一人《ひとり》が、若者《わかもの》の名前《なまえ》をつぶやきました。

そうです。

この粗暴《そぼう》な若者《わかもの》こそが、織田信長《おだのぶなが》なのです。

「おっ！　あれを見《み》ろ」

信長《のぶなが》の家臣《かしん》の一人《ひとり》が、少《すこ》し先《さき》に目《め》を向《む》けて叫《さけ》びました。信長《のぶなが》と仲間《なかま》たちが、いっせいにそちらへ顔《かお》を向《む》けます。

「いい女《おんな》だなぁ」

叫《さけ》んだ男《おとこ》がつづけて言《い》い、仲間《なかま》たちが大《おお》きくうなずきます。

彼《かれ》らが見《み》ている先《さき》に、町人《ちょうにん》らしき娘《むすめ》が歩《ある》いています。たしかに美《うつく》しい顔《かお》をした娘《むすめ》でした。

「誰《だれ》か声《こえ》をかけてこいよ」

「俺《おれ》が行《い》ってこよう」

家臣《かしん》たちをかきわけ、信長《のぶなが》がずいと前《まえ》に出《で》ました。

そしてそのままずんずんと大股《おおまた》で歩《ある》いて、娘《むすめ》に近《ちか》づきます。

「どこに行《ゆ》く？」

いきなり声《こえ》をかけられ、娘《むすめ》がびっくりしています。信長《のぶなが》を見《み》た瞬間《しゅんかん》、目《め》を大《おお》きく見開《みひら》き、くずれるように地面《じめん》にひれふしてしまいました。

「どこに行《ゆ》くと聞《き》いている」

頭《あたま》をさげる娘《むすめ》に信長《のぶなが》は問《と》いかけます。

しかし娘《むすめ》はふるえるだけで、こたえようとしませんでした。

しかたがありません。

この町《まち》の者《もの》ならば、誰《だれ》でも信長《のぶなが》を知《し》っています。

尾張《おわり》（いまの愛知県《あいちけん》の西部《せいぶ》あたり）の大《おお》うつけといえば、泣《な》く子《こ》もだまる悪《わる》がきです。

そんな信長《のぶなが》に声《こえ》をかけられているのです。不機嫌《ふきげん》な思《おも》いをすこしでもさせてしまおうものなら、なにをされるかわかったものではありません。

娘《むすめ》はただふるえるばかりです。

「だまっておってはわからん。どこに行《ゆ》くのだ」

「い、家《いえ》に……」

おそるおそる娘《むすめ》は口《くち》を開《ひら》きました。

あまりにちいさな声《こえ》に、信長《のぶなが》はすこし腰《こし》をかがめて娘《むすめ》のほうに耳《みみ》を近《ちか》づけます。

「帰《かえ》るところです」

「そうか」

そう言《い》うと信長《のぶなが》は胸《むね》を張《は》りました。

「俺《おれ》の家《いえ》はあそこだ」

娘《むすめ》を見《み》たまま、信長《のぶなが》は親指《おやゆび》を立《た》て、その指先《ゆびさき》で背後《はいご》をさしました。親指《おやゆび》のさししめす先《さき》

に、大《おお》きなお屋敷《やしき》があります。

信長《のぶなが》が父《ちち》から与《あた》えられた那古屋城《なごやじょう》でした。

「お主《ぬし》もこれからいっしょにもどって、俺《おれ》たちと酒《さけ》でも飲《の》まぬか」

「えぇっ……」

娘《むすめ》は伏《ふ》せていた顔《かお》をあげ、いまにも泣《な》きそうになりながら信長《のぶなが》を見《み》つめました。

「どうじゃ」

「ご、ご勘弁《かんべん》を」

「いやか」

娘《むすめ》を見《み》る信長《のぶなが》の目《め》が、すこしだけけわしくなりました。

娘《むすめ》の瞳《ひとみ》から涙《なみだ》がこぼれます。

「病《やまい》の母《はは》が待《ま》っております。一人《ひとり》ではなにもできません。早《はや》く家《いえ》にもどらないと、母《はは》が……」

ぼろぼろと涙《なみだ》を流《なが》しながら娘《むすめ》が語《かた》ります。

信長《のぶなが》の細《ほそ》い鼻《はな》がひくりとふるえました。鼻《はな》の穴《あな》を大《おお》きく広《ひろ》げ、溜《た》め息《いき》のような息《いき》を吐《は》きだします。それを聞《き》いた娘《むすめ》が、がたがたとふるえだしました。

「ど、ど、どうかお許《ゆる》しを……」

「わかった」

不愛想《ぶあいそう》な声《こえ》で信長《のぶなが》は言《い》うと、娘《むすめ》に背《せ》を向《む》けました。

「時《とき》を使《つか》わせてしまって悪《わる》かった」

背中《せなか》を向《む》けたまま娘《むすめ》に言《い》います。娘《むすめ》は泣《な》きながら頭《あたま》を地面《じめん》につけました。

信長《のぶなが》は仲間《なかま》たちのほうへと歩《ある》きます。

みんなが口《くち》もとに笑《え》みを浮《う》かべながら、信長《のぶなが》を待《ま》ちうけていました。

「ふられましたな、若《わか》」

仲間《なかま》の一人《ひとり》が言《い》います。信長《のぶなが》は彼《かれ》の胸《むね》を拳《こぶし》で軽《かる》く叩《たた》きました。

「うるさい」

家臣《かしん》たちがいっせいに大声《おおごえ》で笑《わら》います。

「行《い》くぞ」

信長《のぶなが》は歩《ある》きだしました。家臣《かしん》たちもそれにつづきます。

娘《むすめ》は、なおもずっと、頭《あたま》を下《さ》げつづけていました。

「大《おお》うつけが……」

一部始終《いちぶしじゅう》を見《み》ていた町人《ちょうにん》が、小《ちい》さくなってゆく信長《のぶなが》たちの後《うし》ろ姿《すがた》をにらみつけながら言《い》いました。

周囲《しゅうい》の誰《だれ》もが、その言葉《ことば》にうなずいています。

「あのうつけが跡《あと》をつげば、織田家《おだけ》は終《お》わりじゃ」

泣《な》いている娘《むすめ》を抱《かか》えながら立《た》ちあがらせている女《おんな》が、吐《は》きすてました。

誰《だれ》もが、信長《のぶなが》のことをこころよく思《おも》っていません。

尾張《おわり》の大《おお》うつけ。

うつけとは、アホやバカというような悪口《わるくち》に使《つか》う言葉《ことば》でした。

信長《のぶなが》は尾張《おわり》の国《くに》の大《おお》バカ者《もの》と、ひとびとから呼《よ》ばれていたのです。

娘《むすめ》に断《ことわ》られた信長《のぶなが》といえば、その後《ご》も変《か》わらず、家臣《かしん》たちとぎゃあぎゃあ騒《さわ》ぎながら、道《みち》を歩《ある》いています。手《て》には、今度《こんど》は腰《こし》の袋《ふくろ》から取《と》りだした、干《ほ》し柿《がき》がにぎられていました。

それをかじり、種《たね》はやはり道端《みちばた》に吐《は》き捨《す》てます。

仲間《なかま》たちと話《はな》しながらも、信長《のぶなが》は娘《むすめ》のことを思《おも》っていました。

自分《じぶん》はどうして、こんなにおそれられているのか。

どうしてみなは、自分《じぶん》を嫌《きら》うのか。

先《さき》ほども、べつに悪気《わるぎ》があったわけではありません。ただ娘《むすめ》と話《はなし》がしてみたかったから、声《こえ》をかけただけなのです。

病気《びょうき》の母《はは》がいるのなら、しかたがありません。それ以上《いじょう》、しつこくするつもりもありませんでした。

あれほど強《つよ》く断《ことわ》られてしまったことが、残念《ざんねん》でなりません。

みなに嫌《きら》われている……。

その思《おも》いが、信長《のぶなが》をよりかたくなにさせるのでした。

「よし、今日《きょう》は朝《あさ》まで騒《さわ》ぐぞっ！」

信長《のぶなが》が叫《さけ》ぶと、家臣《かしん》たちは待《ま》ってましたとばかりに、喜《よろこ》びの声《こえ》をあげました。

父《ちち》の死《し》と尾張《おわり》統《とう》一《いつ》

大《おお》うつけと呼《よ》ばれ、民《たみ》に嫌《きら》われる信長《のぶなが》のことをわかってくれる人《ひと》もいました。

「立派《りっぱ》だと言《い》われて、ただただおとなしいだけの者《もの》よりも、大《おお》うつけだと悪口《わるくち》を言《い》われようとも、人《ひと》と違《ちが》う生《い》き方《かた》をしておる者《もの》のほうが見《み》どころがあるわい」

そう信長《のぶなが》を褒《ほ》めるのは、彼《かれ》の父《ちち》でした。

名前《なまえ》を信秀《のぶひで》といいます。

織田家《おだけ》の当主《とうしゅ》でした。

信秀《のぶひで》は守護代《しゅごだい》の家老《かろう》でありながら、尾張《おわり》の南部《なんぶ》に絶大《ぜつだい》な力《ちから》をもち、戦《いくさ》も強《つよ》い。守護《しゅご》や守《しゅ》護代《ごだい》すらも逆《さか》らえないほどの男《おとこ》でした。

そんな信秀《のぶひで》の愛情《あいじょう》を一身《いっしん》に受《う》けて、信長《のぶなが》は育《そだ》ちます。

どれだけ大《おお》うつけだ、当主《とうしゅ》にふさわしくない、と悪口《わるくち》を言《い》われようと、信秀《のぶひで》はけっして信長《のぶなが》を嫡男《ちゃくなん》の座《ざ》からはずすようなことはしませんでした。

しかし、別《わか》れは突然《とつぜん》やってきます。

天文《てんぶん》二十（一五五二）年《ねん》、信長《のぶなが》が十八の時《とき》のことでした。

この日《ひ》も朝《あさ》から、仲間《なかま》たちと町《まち》へ繰《く》りだそうとしていた信長《のぶなが》を、教育係《きょういくがかり》である平手政秀《ひらてまさひで》が呼《よ》び止《と》めます。

「信長様《のぶながさま》！　お父上《ちちうえ》がお亡《な》くなりになりました」

白髪頭《しらがあたま》の政秀《まさひで》は、信長《のぶなが》の前《まえ》にひれふしながら静《しず》かに言《い》いました。

「う、嘘《うそ》じゃ……」

信長《のぶなが》がぼうぜんとつぶやきます。

「まことにござりまする」

「嘘《うそ》じゃっ！」

信長《のぶなが》は怒《いか》りにまかせ、政秀《まさひで》の肩《かた》を蹴《け》りました。老《お》いた教育係《きょういくがかり》は、のけぞりながらもけっして動《どう》じません。

悲《かな》しみをたたえた瞳《ひとみ》を信長《のぶなが》に向《む》け、首《くび》を横《よこ》にふって嘘《うそ》ではないと伝《つた》えています。

「嘘《うそ》に決《き》まっておる」

信長《のぶなが》はその場《ば》に膝《ひざ》から崩《くず》れ落《お》ちます。そしてちいさくふるえる自分《じぶん》のてのひらを見《み》つめました。

「葬儀《そうぎ》などの話《はな》しあいが末盛城《すえもりじょう》で行《おこな》われまする。嫡男《ちゃくなん》であらせられる信長様《のぶながさま》の到来《とうらい》をみなが待《ま》っております」

末盛城《すえもりじょう》は信秀《のぶひで》の居城《きょじょう》です。

「俺《おれ》は父上《ちちうえ》の死《し》んだ姿《すがた》など見《み》とうはないっ！」

叫《さけ》んだ信長《のぶなが》はそのまま城《しろ》の外《そと》へと走《はし》りだします。仲間《なかま》たちにも告《つ》げず馬《うま》に乗《の》り、城《しろ》を飛《と》びだしてしまいました。

「信長様《のぶながさま》……」

取《と》り残《のこ》された政秀《まさひで》は、信長《のぶなが》に蹴《け》られた肩《かた》をおさえたまま、悲《かな》しそうにつぶやきました。

信秀《のぶひで》の葬儀《そうぎ》の日《ひ》がきました。

葬儀《そうぎ》が行《おこな》われている万松寺《ばんしょうじ》には、多《おお》くの人《ひと》があつまっています。家臣《かしん》たちをはじめ、全《ぜん》国《こく》の僧《そう》、守護代《しゅごだい》の姿《すがた》もありました。

「信長《のぶなが》はなにをしておる？」

上座《かみざ》にいる女《おんな》の人《ひと》が、うしろに控《ひか》える政秀《まさひで》に問《と》いました。

土田御前《どたごぜん》という名《な》のこの女性《じょせい》は、信長《のぶなが》の母《はは》です。

彼女《かのじょ》のとなりに座《すわ》っているのは、信長《のぶなが》の弟《おとうと》の信行《のぶゆき》でした。

信行《のぶゆき》はきれいに剃《そ》りあげた月代《さかやき》に立派《りっぱ》な髷《まげ》を結《ゆ》い、身《み》なりも整《ととの》っている、たいへん清々《すがすが》しい人物《じんぶつ》です。

粗野《そや》な気性《きしょう》と汚《きたな》い恰好《かっこう》の信長《のぶなが》とは正反対《せいはんたい》でした。そのため家臣《かしん》たちに人気《にんき》もあります。

土田御前《どたごぜん》は、この弟《おとうと》のことをたいへん気《き》に入《い》っていました。一方《いっぽう》で兄《あに》の信長《のぶなが》には辛《つら》くあたることが多《おお》く、土田御前《どたごぜん》と信長《のぶなが》との仲《なか》は、それほどよくはありません。

「嫡男《ちゃくなん》である信長《のぶなが》が葬儀《そうぎ》に遅《おく》れるとは、なんたる失態《しったい》。教育係《きょういくがかり》であるお主《ぬし》の責任《せきにん》であるぞ」

土田御前《どたごぜん》が冷《つめ》たい口調《くちょう》で言《い》います。

「かならず信長様《のぶながさま》は参《まい》られまする。なにとぞ……。なにとぞしばしお待《ま》ちくだされ」

額《ひたい》に汗《あせ》を浮《う》かべて政秀《まさひで》が頭《あたま》をさげます。

「信長《のぶなが》が来《こ》ぬなら、焼香《しょうこう》は信行《のぶゆき》からはじめる」

「それだけは……」

苦《くる》しい声《こえ》で政秀《まさひで》が土田御前《どたごぜん》に言《い》います。

葬儀《そうぎ》の際《さい》、死者《ししゃ》の供養《くよう》のために香《こう》を焚《た》く〝焼香《しょうこう》〟を誰《だれ》が最初《さいしょ》にするかということは、織《お》田家《だけ》の新《あら》たな当主《とうしゅ》が誰《だれ》であるかを守護代《しゅごだい》や家臣《かしん》たちに知《し》らしめるという意味《いみ》がありました。

つまり信行《のぶゆき》からはじめるということは、信秀《のぶひで》の跡《あと》を継《つ》ぐのは信行《のぶゆき》であると宣言《せんげん》することになり、幼《おさな》いころから信長《のぶなが》を教育《きょういく》してきた政秀《まさひで》にとって、それだけは避《さ》けなければならない事態《じたい》でした。

「来《こ》ぬものはしかたがなかろう」

土田御前《どたごぜん》の言葉《ことば》に、政秀《まさひで》は返《かえ》すこたえが見《み》つかりません。

両者《りょうしゃ》の会話《かいわ》を、信行《のぶゆき》がだまったまま聞《き》いています。

その時《とき》でした。

一人《ひとり》の家臣《かしん》が本堂《ほんどう》の外《そと》からあらわれ、するすると上座《かみざ》まで来《く》ると土田御前《どたごぜん》の前《まえ》で頭《あたま》をさげます。

「信長様《のぶながさま》が参《まい》られました」

「なに？」

土田御前《どたごぜん》の右《みぎ》の眉《まゆ》がぴくりとつりあがります。

「しかし……」

家臣《かしん》が、けわしい顔《かお》つきで言《い》いよどみました。

「どうした？」

御前《ごぜん》が問《と》うたのと、はげしい足音《あしおと》が聞《き》こえてきたのは同時《どうじ》でした。

庭《にわ》からつづく階段《かいだん》をどかどかと踏《ふ》みならしながら本堂《ほんどう》に入《はい》ってくる者《もの》へと、みながいっせいに視線《しせん》を向《む》けます。

「なっ……」

政秀《まさひで》は息《いき》をのみました。

あらわれたのは信長《のぶなが》です。

土田御前《どたごぜん》はあきれたように言《い》いました。

「あの恰好《かっこう》はどういうつもりじゃ」

母《はは》の言葉《ことば》が示《しめ》すとおり、信長《のぶなが》の服装《ふくそう》はこの場《ば》にふさわしいものではありませんでした。

誰《だれ》もが葬儀《そうぎ》のために正装《せいそう》であつまっているなか、信長《のぶなが》はいつもどおりの服装《ふくそう》です。

袖《そで》を切《き》った衣《ころも》に、腰《こし》の荒縄《あらなわ》。さまざまな袋《ふくろ》を縄《なわ》に下《さ》げ、頭《あたま》はぼさぼさのまうしろでひとつにまとめています。

普段《ふだん》から奇抜《きばつ》な信長《のぶなが》の恰好《かっこう》は、葬儀《そうぎ》というあらたまった場所《ばしょ》ではひときわ異質《いしつ》なものでした。

誰《だれ》もがあんぐりと口《くち》を開《あ》けて、信長《のぶなが》を見《み》つめています。

しかし彼《かれ》はそんな人々《ひとびと》の目《め》などいっこうに気《き》にせずに、ずかずかと仏前《ぶつぜん》まですすんでゆきました。

目《め》の前《まえ》には父《ちち》の位牌《いはい》。そしてその手前《てまえ》に、香《こう》を盛《も》られた器《うつわ》があります。

「なにをしておるのじゃ父上《ちちうえ》」

まるでまだ父《ちち》が生《い》きているかのように、位牌《いはい》に向《む》かって信長《のぶなが》が語《かた》りかけます。

その目《め》にはうっすらと涙《なみだ》がにじんでいますが、僧《そう》をはじめ、母《はは》や弟《おとうと》、家臣《かしん》たち全《すべ》てに背《せ》を向《む》けているため誰《だれ》も気《き》づいていません。

「俺《おれ》は認《みと》めんぞ」

駄々《だだ》をこねる子《こ》どもみたいな声《こえ》で、語《かた》りつづけます。そんな信長《のぶなが》を、誰《だれ》も止《と》めることができません。

「これからじゃ……」

信長《のぶなが》は器《うつわ》に手《て》を突《つ》っこみ、つかめるだけの香《こう》をにぎりしめます。

「これからという時《とき》に、なぜ死《し》におったっ！」

叫《さけ》ぶと同時《どうじ》に、信長《のぶなが》は手《て》の中《なか》の香《こう》を父《ちち》の位牌《いはい》に投《な》げつけました。

あまりのことに、誰《だれ》もが目《め》を丸《まる》くしています。

「さらばじゃ」

位牌《いはい》に告《つ》げるやくるりとふりかえり、信長《のぶなが》は

そのまま歩《ある》きだしました。

最初《さいしょ》から最後《さいご》まで、誰《だれ》とも目《め》をあわせず、言葉《ことば》をかわさず寺《てら》を後《あと》にします。

「な、なんじゃあれは……」

頬《ほお》をふるわせながら、土田御前《どたごぜん》が吐《は》きすてるように言《い》いました。

「織田家《おだけ》の嫡男《ちゃくなん》とは思《おも》えぬ行《おこな》い。これでは信秀様《のぶひでさま》も浮《う》かばれますまい」

「信長様《のぶながさま》よりも、信行様《のぶゆきさま》のほうが当主《とうしゅ》にふさわしいのでは……」

家臣《かしん》たちもささやきあいます。

しかし、そんななか、一人《ひとり》の僧《そう》だけは信長《のぶなが》を非難《ひなん》する声《こえ》を否定《ひてい》しました。

「あれこそ、天下《てんか》に類《たぐい》まれなる人物《じんぶつ》。あのお方《かた》はいずれ大物《おおもの》になられるだろう」

自分《じぶん》を非難《ひなん》する言葉《ことば》も、肯定《こうてい》する声《こえ》も、信長《のぶなが》には聞《き》こえません。

誰《だれ》になにを言《い》われようと、彼《かれ》にとってはどうでもよいことでした。

すべては行動《こうどう》によって示《しめ》せばいい。

そして彼《かれ》はそれを見事《みごと》に実行《じっこう》してみせます。

織田家《おだけ》の人間《にんげん》だけではなく、日本中《にほんじゅう》のひとびとが彼《かれ》のことをただものではないと知《し》るのは、この日《ひ》から九年後《ねんご》のことでした。

尾張《おわり》の平定《へいてい》、そして東《ひがし》から迫《せま》る強大《きょうだい》すぎる敵《てき》

父《ちち》の死《し》によって、信長《のぶなが》は織田家《おだけ》の当主《とうしゅ》となりました。

しかし前《まえ》にも説明《せつめい》しましたが、織田家《おだけ》は尾張《おわり》の守護代《しゅごだい》の家老職《かろうしょく》の家柄《いえがら》にすぎません。その当主《とうしゅ》になったからといって、それで尾張《おわり》を支配《しはい》する力《ちから》を得《え》たことにはならないのです。

まず、はじめに信長《のぶなが》が取《と》りかかったのは、尾張《おわり》の南部《なんぶ》を手中《しゅちゅう》におさめることでした。

尾張《おわり》は、二人《ふたり》の守護代《しゅごだい》が北《きた》と南《みなみ》にたがいに勢力《せいりょく》をはっていました。

織田家《おだけ》が家老職《かろうしょく》にあったのは、南部《なんぶ》を支配《しはい》する守護代家《しゅごだいけ》です。そのため、まずはこの南《なん》部《ぶ》の平定《へいてい》に取《と》りかかりました。

そして天文《てんぶん》二十四（一五五五）年《ねん》、実権《じっけん》をにぎっていた守護代《しゅごだい》を滅《ほろ》ぼし、彼《かれ》の居城《きょじょう》であった清洲城《きよすじょう》に入《はい》ったのです。

「ここから俺《おれ》は尾張《おわり》を支配《しはい》する！」

そう宣言《せんげん》したとおり、この城《しろ》は信長《のぶなが》にとって、尾張一国《おわりいっこく》を支配《しはい》するための城《しろ》でした。

この場所《ばしょ》こそ、天下統一《てんかとういつ》へと向《む》かう信長《のぶなが》が、野望《やぼう》の第一歩《だいいっぽ》を踏《ふ》みだした城《しろ》なのです。

広大《こうだい》な濃尾平野《のうびへいや》の南部《なんぶ》、ふたつの川《かわ》に挟《はさ》まれた清洲《きよす》の地《ち》に建《た》つ清洲城《きよすじょう》は、海《うみ》を経《へ》て伊勢《いせ》へとつながる交通《こうつう》の重要拠点《じゅうようきょてん》でした。

この清洲《きよす》を起点《きてん》にして、信長《のぶなが》は尾張支配《おわりしはい》をすすめてゆくのです。


清洲城《きよすじょう》に入《はい》ってから三年後《ねんご》の永禄《えいろく》四（一五五九）年《ねん》、信長《のぶなが》は、尾張北部《おわりほくぶ》を支配《しはい》していたもうひとつの守護代家《しゅごだいけ》も滅《ほろ》ぼし、ついに尾張《おわり》を平定《へいてい》しました。

その間《かん》には、土田御前《どたごぜん》にかわいがられていた弟《おとうと》の信行《のぶゆき》が、信長《のぶなが》に不満《ふまん》をもつ家臣《かしん》たちと

信長《のぶなが》が尾張《おわり》を平定《へいてい》した頃《ころ》（1559年頃《ねんごろ》）の周辺勢力図《しゅうへんせいりょくず》

ともに兵《へい》を挙《あ》げるという事件《じけん》も起《お》こりました。しかし信長《のぶなが》は、弟《おとうと》の軍《ぐん》にも打《う》ち勝《か》ちます。一度《ど》は弟《おとうと》を許《ゆる》した信長《のぶなが》でしたが、病気《びょうき》といつわって信行《のぶゆき》を清洲城《きよすじょう》に呼《よ》び、そこで彼《かれ》を殺《ころ》したのです。

自分《じぶん》の手《て》で、弟《おとうと》との戦《たたか》いに決着《けっちゃく》をつける。

そう決心《けっしん》した信長《のぶなが》は、腹《はら》から血《ち》を流《なが》しながらふるえている弟《おとうと》の肩《かた》を抱《だ》きました。

もう一方《いっぽう》の手《て》には、弟《おとうと》の腹《はら》をつらぬく刀《かたな》がにぎられたままです。

「戦乱《せんらん》に生《う》まれなければ、よき兄弟《きょうだい》であれたやも知《し》れぬ……」

「あ、兄上《あにうえ》」

自分《じぶん》の肩《かた》を抱《だ》く兄《あに》の腕《うで》に、信行《のぶゆき》が手《て》をのばします。

その手《て》を、刀《かたな》から手《て》を放《はな》しにぎりかえしました。

「許《ゆる》せよ信行《のぶゆき》」

「く、悔《く》やまれまするな兄上《あにうえ》。これも戦国《せんごく》の世《よ》のならい。私《わたし》を放《ほう》っておけば、兄上《あにうえ》を悪《あ》しく思《おも》う者《もの》がまた寄《よ》ってくる……。これでよかったのです」

「すまぬっ」

信長《のぶなが》は涙《なみだ》を流《なが》し、弟《おとうと》を抱《だ》きしめました。

信行《のぶゆき》のことを憎《にく》く思《おも》ったことはありません。むしろ、母《はは》に支配《しはい》され、母《はは》の思《おも》うままに動《うご》かなければならなかった弟《おとうと》を、哀《あわ》れんでいたのです。

兄弟《きょうだい》だけしかいない部屋《へや》。信長《のぶなが》は泣《な》きつづけます。

信長《のぶなが》のそのような姿《すがた》を見《み》ているのは弟《おとうと》だけ。

それもあとすこし……。

腕《うで》をにぎる信行《のぶゆき》の手《て》から力《ちから》が抜《ぬ》け、てのひらが畳《たたみ》に投《な》げだされます。

信長《のぶなが》は、弟《おとうと》の死《し》を悟《さと》りました。

「信行《のぶゆき》……」

信長《のぶなが》はもう一度《ど》、弟《おとうと》をきつく抱《だ》きしめました。


「い、一大事《いちだいじ》でござるっ！」

尾張《おわり》を統一《とういつ》した信長《のぶなが》に、とんでもない事態《じたい》がおとずれたのは永禄《えいろく》三（一五六〇）年《ねん》のことでした。

「どうした」

血相《けっそう》を変《か》えて飛《と》びこんで来《き》た家臣《かしん》に、信長《のぶなが》は問《と》います。

「い、今川《いまがわ》の軍勢《ぐんぜい》が沓掛城《くつかけじょう》に向《む》かった模様《もよう》。その数《かず》、一万《まん》とも……」

「なんじゃと」

信長《のぶなが》は言葉《ことば》を失《な》くしました。

一万《まん》という軍勢《ぐんぜい》は、とほうもない数《かず》です。尾張《おわり》を統一《とういつ》したばかりの信長《のぶなが》が、いますぐに動《うご》かせる兵《へい》といえばせいぜい、二千《せん》から三千《ぜん》ほど。

そんななか、新《あら》たな家臣《かしん》がやってきて、信長《のぶなが》の前《まえ》にひれふします。

「今川《いまがわ》の総勢《そうぜい》、四万《まん》五千《せん》あまりっ」

さすがに、信長《のぶなが》の顔《かお》から血《ち》の気《け》が引《ひ》きました。

四万《まん》五千《せん》対《たい》二千《せん》。

二十倍以上《ばいいじょう》という圧倒的《あっとうてき》な差《さ》です。

ひきいる今川《いまがわ》とはどんな敵《てき》か。

駿河《するが》（いまの静岡県中央部《しずおかけんちゅうおうぶ》あたり）の守護《しゅご》を代々《だいだい》つとめる今川家《いまがわけ》は、室町幕府内《むろまちばくふない》でも名《めい》門《もん》でした。

この時《とき》の当主《とうしゅ》は義元《よしもと》といい、〝海道一《かいどういち》の弓取《ゆみと》り〟と呼《よ》ばれたほどの名将《めいしょう》でした。

甲斐《かい》（いまの山梨県《やまなしけん》あたり）の武田信玄《たけだしんげん》、関東《かんとう》の北条氏康《ほうじょううじやす》という戦上手《いくさじょうず》と互角《ごかく》にわたりあい、駿河《するが》と遠江《とおとうみ》（いまの静岡県西部《しずおかけんせいぶ》あたり）、そして三河《みかわ》（いまの愛知県東部《あいちけんとうぶ》あたり）の三国《さんごく》を支配《しはい》する大大名《だいだいみょう》です。

このころの守護大名《しゅごだいみょう》や戦国大名《せんごくだいみょう》たちは、誰《だれ》もが京《きょう》をめざしました。

京《きょう》には帝《みかど》が住《す》んでおり、さらには足利氏《あしかがし》が十五代《だい》にわたって継承《けいしょう》してきた幕府《ばくふ》があるからです。

諸国《しょこく》の守護《しゅご》や大名《だいみょう》たちを支配《しはい》する力《ちから》をうしなったとはいえ、やはり幕府《ばくふ》の将軍《しょうぐん》といえば誰《だれ》もが認《みと》める家柄《いえがら》です。

これを補佐《ほさ》するだけの力《ちから》が、俺《おれ》にはあるぞ。帝《みかど》を助《たす》けるだけの財力《ざいりょく》があるぞ。と天下《てんか》に示《しめ》すことで、天下統一《てんかとういつ》への道《みち》を開《ひら》こうとしていたのです。

大名《だいみょう》が、兵《へい》をひきいて京《きょう》の都《みやこ》へ入《はい》ることを〝上洛《じょうらく》〟と呼《よ》びます。

この時《とき》の義元《よしもと》は、上洛《じょうらく》を目指《めざ》していたのでした。

信長《のぶなが》が治《おさ》める尾張《おわり》は、義元《よしもと》にとっては京《きょう》への道《みち》のりの通《とお》り道《みち》でしかありません。

足《あし》もとの蟻《あり》を巨大《きょだい》な軍勢《ぐんぜい》で叩《たた》きのめして、先《さき》を急《いそ》ぐ。

その程度《ていど》にしか信長《のぶなが》は考《かんが》えられていなかったのです。

信長《のぶなが》はすぐに、城《しろ》に家臣《かしん》たちをあつめました。

「い、今川《いまがわ》の兵《へい》は二万《まん》というではないか……」

泣《な》きそうな声《こえ》でつぶやく家臣《かしん》を、落《お》ちつきを取《と》りもどしはじめた信長《のぶなが》がにらみつけます。

「四万五千《まんせん》じゃっ！」

どなられた家臣《かしん》は、ひっ！　とちいさな悲鳴《ひめい》をあげると、肩《かた》をすくめてだまりこんでしまいました。

「どうなされるおつもりか？」

青《あお》ざめる家臣《かしん》たちのなかで一人《ひとり》、平然《へいぜん》としている男《おとこ》が問《と》いました。

彼《かれ》の顔《かお》は、興奮《こうふん》のせいかすこし赤《あか》らんでいます。

「お主《ぬし》はどう思《おも》う勝家《かついえ》」

信長《のぶなが》はその男《おとこ》の名前《なまえ》を呼《よ》び、問《と》いかえしました。

勝家《かついえ》といえば、戦場《せんじょう》に立《た》つと鬼《おに》になるといわれた猛将《もうしょう》、柴田勝家《しばたかついえ》です。

「城《しろ》を打《う》って出《で》て勝負《しょうぶ》を決《けっ》するべきかと存《ぞん》ずる」

迷《まよ》いのない真《ま》っすぐなこたえに、信長《のぶなが》は口《くち》もとをつりあげて笑《わら》いました。

「お主《ぬし》らしいな」

「はっ！」

髭《ひげ》でおおわれた顔《かお》を、勝家《かついえ》が伏《ふ》せておじぎをします。

「し、しかし相手《あいて》は四万《まん》五千《せん》。こちらはどう多《おお》くみつもっても三千《ぜん》に足《た》るかどうかという数《かず》。これでは勝負《しょうぶ》になりませぬ……」

気弱《きよわ》に言《い》ったのは林秀貞《はやしひでさだ》でした。彼《かれ》も織田家《おだけ》の家老職《かろうしょく》にあります。

じつはこの二人《ふたり》は、信行《のぶゆき》が兵《へい》を挙《あ》げた時《とき》、信長《のぶなが》と敵対《てきたい》した者《もの》たちでした。

しかし信行《のぶゆき》が敗北《はいぼく》した後《あと》に過《あやま》ちを認《みと》め、許《ゆる》されたのです。きわめて忠実《ちゅうじつ》な家臣《かしん》である勝《かつ》家《いえ》にも、こんな時《とき》がありました。

戦国時代《せんごくじだい》というのは、こうして敵《てき》になったり味方《みかた》になったりしながら、真《しん》の絆《きずな》を求《もと》めたのです。

勝家《かついえ》も真剣《しんけん》に信長《のぶなが》と戦《たたか》うことで、自分《じぶん》が本当《ほんとう》につかえるべき相手《あいて》が誰《だれ》なのかを見極《みきわ》めたのです。そしてそれ以降《いこう》は、一度《ど》として信長《のぶなが》を裏切《うらぎ》りませんでした。

勝家《かついえ》が目《め》の色《いろ》を変《か》えて叫《さけ》びます。

「ここは城《しろ》を出《で》て一戦《いっせん》あるのみじゃっ！　城《しろ》にこもっておっても援軍《えんぐん》が来《く》るわけでもない。じわじわと攻《せ》められ、そのうち城《しろ》は落《お》ちる！　そんなみじめな敗北《はいぼく》など、儂《わし》には耐《た》えられんっ！」

「いやいや、籠城《ろうじょう》をしてもちこたえるのだ。そうすれば四万《まん》五千《せん》もの大軍《たいぐん》、いずれ兵《へい》は退《しりぞ》く」

秀貞《ひでさだ》が冷静《れいせい》に返《かえ》します。

戦《いくさ》の間《あいだ》もとうぜん腹《はら》は減《へ》ります。四万《まん》五千《せん》人《にん》という大人数《おおにんずう》に必要《ひつよう》な食糧《しょくりょう》となれば、相当《そうとう》な量《りょう》でした。

こちらが城《しろ》にこもっていれば、そのうち敵方《てきがた》には食糧《しょくりょう》が無《な》くなり、義元《よしもと》は兵《へい》を退《しりぞ》けるにちがいない。それが秀貞《ひでさだ》の考《かんが》えです。

城《しろ》を出《で》て戦《たたか》うか、それとも籠城《ろうじょう》をするのか。

勝家《かついえ》と秀貞《ひでさだ》の意見《いけん》に、家臣《かしん》たちもまっぷたつに割《わ》れました。

清洲城内《きよすじょうない》の大広間《おおひろま》にあつめられた家臣《かしん》たちが、けんかでもしているかのいきおいで話《はな》しあっています。

自分《じぶん》たちの二十倍以上《ばいいじょう》の数《かず》の敵《てき》がおそってくるのです。生《い》き残《のこ》る道《みち》を必死《ひっし》に話《はな》しあうのはとうぜんでした。

「籠城《ろうじょう》じゃっ！」

「いいや打《う》って出《で》るっ！」

どちらも確実《かくじつ》に勝《か》てるという保証《ほしょう》のない策《さく》でした。

簡単《かんたん》にこたえなど出《で》ません。

家臣《かしん》たちは言《い》い争《あらそ》いながらも、上座《かみざ》にいる信長《のぶなが》のほうをちらちらとうかがっていました。

みなが熱《ねつ》をおびるほど、信長《のぶなが》はしだいに退屈《たいくつ》そうな顔《かお》になってゆきます。

すでに夕暮《ゆうぐ》れは過《す》ぎ、闇《やみ》が城《しろ》をつつんでいました。

「殿《との》、そろそろご決断《けつだん》をっ！」

しびれを切《き》らした勝家《かついえ》が問《と》いかけました。

すると信長《のぶなが》は、大《おお》きなあくびをひとつすると、家臣《かしん》たちを見《み》つめます。やがてゆっくりですが、力《ちから》に満《み》ちた声《こえ》で語《かた》りはじめました。

「もう夜《よる》も遅《おそ》い。今日《きょう》はこれで終《お》わりじゃ」

そう言《い》って信長《のぶなが》はその場《ば》を後《あと》にしました。これ以上話《いじょうはな》しあいをつづけていても意味《いみ》がないという判断《はんだん》です。

「やはり信長《のぶなが》さまはうつけ者《もの》か……」

家臣《かしん》たちから失望《しつぼう》の声《こえ》が聞《き》こえます。

城《しろ》から去《さ》るみなは、いちように肩《かた》を落《お》としていました。

決戦《けっせん》はこの時《とき》!! 信長《のぶなが》世紀《せいき》の大逆転《だいぎゃくてん》

真夜中《まよなか》になりました。

床《とこ》についていた信長《のぶなが》にしらせが届《とど》きます。

「丸根《まるね》、鷲津《わしづ》の両砦《りょうとりで》を敵《てき》が攻《せ》めております」

「来《き》たかっ！」

信長《のぶなが》ははね起《お》きました。

丸根砦《まるねとりで》と鷲津砦《わしづとりで》は、義元《よしもと》の侵攻《しんこう》にそなえて信長《のぶなが》が築《きず》かせていた砦《とりで》でした。

このふたつの砦《とりで》が攻《せ》められたことで、いよいよ危機《きき》が迫《せま》っています。

立《た》ちあがった信長《のぶなが》は、扇《おうぎ》を手《て》にして舞《まい》を舞《ま》いました。

人間《にんげん》五十年《ねん》、
下天《げてん》のうちをくらぶれば、
――人《ひと》の一生《いっしょう》は五十年《ねん》あまり、
天界《てんかい》における時間《じかん》とくらべれば、

夢《ゆめ》まぼろしのごとくなり。
ひとたび生《せい》を得《え》て、
滅《めっ》せぬ者《もの》のあるべきか。

夢《ゆめ》や幻《まぼろし》のようにはかないものである。
一度《いちど》この世《よ》に生《う》まれて、
死《し》なない者《もの》はいないのである。

〝敦盛《あつもり》〟という幸若舞《こうわかまい》（当時《とうじ》はやっていた芸能《げいのう》のひとつ）の一節《いっせつ》です。信長《のぶなが》はこれを好《この》んで舞《ま》いました。

「具足《ぐそく》じゃっ！　湯漬《ゆづ》けをもてっ！」

主《あるじ》の起床《きしょう》を知《し》った近臣《きんしん》たちがあつまってきます。

用意《ようい》された鎧《よろい》を着《つ》け、ご飯《はん》にお湯《ゆ》をかけた〝湯漬《ゆづ》け〟という食《た》べ物《もの》を腹《はら》に流《なが》しこむと、信長《のぶなが》はうしろもふりかえらずに馬《うま》へと乗《の》り、城《しろ》を飛《と》びだします。

ついてくるのは六名《めい》の騎馬武者《きばむしゃ》のみ。

清洲城《きよすじょう》を出《で》た信長《のぶなが》は、南《みなみ》に向《む》かって駆《か》けます。

「なにっ！　信長様《のぶながさま》がご出陣《しゅつじん》なされただとっ！」

城《しろ》からもどり眠《ねむ》りについていた家臣《かしん》たちにも、信長出陣《のぶながしゅつじん》のしらせが届《とど》きます。

あわてて戦支度《いくさじたく》をしますが、間《ま》に合《あ》いません。

朝《あさ》です。

信長《のぶなが》は熱田神宮《あつたじんぐう》にいました。

熱田神宮《あつたじんぐう》には、神話《しんわ》のころの剣《つるぎ》である草薙剣《くさなぎのつるぎ》が祀《まつ》られています。

信長《のぶなが》は戦《いくさ》の勝利《しょうり》を祈願《きがん》しに来《き》たのです。

すでにいまの時刻《じこく》でいう午前《ごぜん》八時《じ》になろうとするころ。

はじめは六人《にん》だった家臣《かしん》たちも、次々《つぎつぎ》と信長《のぶなが》に追《お》いつき、熱田《あつた》ではすでに千人《せんにん》ほどになっていました。

「よいかっ！　この戦《いくさ》の勝敗《しょうはい》にわれらの命運《めいうん》はかかっているっ！　かならず義元《よしもと》の首《くび》を取《と》って、生《い》きてもどってくるぞっ！」

信長《のぶなが》の言葉《ことば》に、家臣《かしん》たちが勇《いさ》ましい声《こえ》をかえします。

とはいえ、誰《だれ》もが義元《よしもと》の首《くび》を取《と》るという言葉《ことば》を信《しん》じているわけではありません。

なぜなら相手《あいて》は四万《まん》五千《せん》もの大軍《たいぐん》です。信長《のぶなが》の兵《へい》は千《せん》。

とても、義元《よしもと》までたどりつけるとは思《おも》えません。

それでも信長《のぶなが》は、自分《じぶん》の言葉《ことば》を信《しん》じていました。

その熱《あつ》い思《おも》いが、瞳《ひとみ》から光《ひかり》となってほとばしります。

「やるぞっ！」

うたがいを抱《いだ》かない信長《のぶなが》の声《こえ》に、家臣《かしん》たちは少《すこ》しずつ不思議《ふしぎ》な気持《きも》ちになってゆきます。

どう考《かんが》えても不可能《ふかのう》なのに、信長《のぶなが》の言葉《ことば》を聞《き》いていると、やれるのではないかと思《おも》えてくるのです。

「さぁっ！　決戦《けっせん》だっ！」

「おぉおぉおっ！」

兵《へい》たちの声《こえ》が、熱田《あつた》の天《てん》をふるわします。

晴《は》れわたった天《てん》の端《はし》から黒《くろ》い雲《くも》がじわじわと迫《せま》ってきて、空《そら》をおおいつくそうとしているのを、信長《のぶなが》は見逃《みのが》しませんでした。

「やるぞ……」

一人《ひとり》つぶやいた信長《のぶなが》の口《くち》もとに、ほほえみが浮《う》かんでいました。

信長《のぶなが》は熱田《あつた》を出《で》て善照寺砦《ぜんしょうじとりで》に入《はい》りました。ここも、少《すこ》し前《まえ》に今川家《いまがわけ》への牽制《けんせい》のためにつくった砦《とりで》です。

現在《げんざい》今川軍《いまがわぐん》に攻《せ》められている丸根《まるね》と鷲津《わしづ》の砦《とりで》はこの南方《なんぽう》に位置《いち》し、ふたつの砦《とりで》のすぐそばには今川家《いまがわけ》の出城《でじろ》、大高城《おおたかじょう》がありました。

今川家《いまがわけ》の前線基地《ぜんせんきち》になるはずであったこの大高城《おおたかじょう》に、兵糧《ひょうろう》を運《はこ》びこんだ一人《ひとり》の青年武将《せいねんぶしょう》がいました。まだ義元《よしもと》の大軍《たいぐん》が攻《せ》めのぼる前《まえ》のことです。

丸根《まるね》と鷲津《わしづ》の両砦《りょうとりで》は、織田家《おだけ》の兵《へい》が守《まも》っていました。

両砦《りょうとりで》の目《め》と鼻《はな》の先《さき》にある大高城《おおたかじょう》。ここに兵糧《ひょうろう》を運《はこ》びこむというのは、至難《しなん》の技《わざ》でした。

兵糧《ひょうろう》とは兵《へい》たちの食糧《しょくりょう》のことです。

これを奪《うば》う、もしくは焼《や》き捨《す》てることができれば、相手《あいて》の戦力《せんりょく》を削《そ》ぐことができます。

四万《まん》五千《せん》もの大軍《たいぐん》の兵糧《ひょうろう》。その一部《いちぶ》といっても相当《そうとう》な量《りょう》です。

昔《むかし》はトラックのような便利《べんり》な道具《どうぐ》はありません。無防備《むぼうび》な荷車《にぐるま》に米俵《こめだわら》を載《の》せて運《はこ》ぶのです。どれだけ警護《けいご》の兵《へい》で守《まも》ったとしても、危険《きけん》きわまりない行為《こうい》でした。

しかしこの若《わか》い武将《ぶしょう》は、みごとにその困難《こんなん》な仕事《しごと》をやってのけます。

彼《かれ》の名《な》は松平元康《まつだいらもとやす》。

のちの徳川家康《とくがわいえやす》です。

当時《とうじ》、家康《いえやす》は今川家《いまがわけ》の人質《ひとじち》でした。三河《みかわ》の有力者《ゆうりょくしゃ》であった祖父《そふ》が自分《じぶん》の家臣《かしん》に殺《ころ》され、松平家《まつだいらけ》は駿河《するが》の今川家《いまがわけ》を頼《たよ》ったのです。その後《ご》、父《ちち》も自分《じぶん》の家臣《かしん》に殺《ころ》され、家康《いえやす》が松平家《まつだいらけ》を継《つ》ぎました。

本来《ほんらい》ならば三河《みかわ》の大名《だいみょう》にもなれるはずだった家康《いえやす》ですが、この時点《じてん》では、力《ちから》のある義元《よしもと》の前《まえ》に屈服《くっぷく》するしかありませんでした。

いつの日《ひ》か三河《みかわ》を取《と》りもどし、大名《だいみょう》となる。そんな夢《ゆめ》を見《み》ながら、家康《いえやす》は義元《よしもと》のもとでがんばっていたのでした。

さて、話《はなし》を信長《のぶなが》にもどします。

善照寺砦《ぜんしょうじとりで》に入《はい》った信長《のぶなが》に、前線《ぜんせん》からしらせが届《とど》きました。

「丸根《まるね》、鷲津《わしづ》の両砦《りょうとりで》が陥落《かんらく》いたしました」

ますます窮地《きゅうち》に立《た》たされました。

しかし信長《のぶなが》は笑《わら》っています。

「これで道《みち》はひとつに定《さだ》まった……」

ここまで追《お》いつめられたならば、もはや前《まえ》にすすむしかありません。

目《め》の前《まえ》の者《もの》たちから声《こえ》があがります。

「そうだ、やるしかねぇ」

そこにいたのは、熱田《あつた》で追《お》いついた千人《せんにん》の家臣《かしん》たちでした。なかには、まだ信長《のぶなが》が若《わか》いころ、那古屋城下《なごやじょうか》で馬鹿騒《ばかさわ》ぎをしていた時《とき》からの仲間《なかま》たちもいます。

彼《かれ》らは、信長《のぶなが》が尾張《おわり》の大《おお》うつけと呼《よ》ばれていたころから、信長《のぶなが》がただ者《もの》ではないと思《おも》っていますと信《しん》じていました。だからこの困難《こんなん》な状況《じょうきょう》のなかでも、信長《のぶなが》についていくしかないと思っています。

善照寺砦《ぜんしょうじとりで》には後続《こうぞく》の兵《へい》たちがあつまってきます。そこに丸根《まるね》、鷲津《わしづ》で敗《やぶ》れた者《もの》たちも合《ごう》流《りゅう》しました。

総勢《そうぜい》三千《ぜん》。それが、いまの信長《のぶなが》がもてる力《ちから》のすべてでした。

「敵《てき》はかならず鳴海城《なるみじょう》へと来《く》る」

信長《のぶなが》の言葉《ことば》を、誰《だれ》もがだまって聞《き》いています。

鳴海城《なるみじょう》は、家康《いえやす》が兵糧《ひょうろう》を入《い》れた大高城《おおたかじょう》とならんで、今川家《いまがわけ》の尾張侵攻《おわりしんこう》の出城《でじろ》でした。

大高城《おおたかじょう》を牽制《けんせい》するようにつくられていた織田家《おだけ》の砦《とりで》が、丸根《まるね》と鷲津《わしづ》です。ここを今川《いまがわ》が攻《せ》め落《お》としたということは、大高城《おおたかじょう》が織田家《おだけ》の包囲《ほうい》から逃《のが》れたということを意味《いみ》しました。

次《つぎ》に今川家《いまがわけ》が解放《かいほう》するべきは鳴海城《なるみじょう》です。

鳴海城《なるみじょう》のそばにも織田家《おだけ》の砦《とりで》が築《きず》かれていました。

ひとつは鳴海城《なるみじょう》の南方《なんぽう》にある中島砦《なかしまとりで》。

そしてもうひとつ……。

信長《のぶなが》がいる善照寺砦《ぜんしょうじとりで》です。

「鳴海城《なるみじょう》へと向《む》かう道中《どうちゅう》には、狭間《はざま》がある」

信長《のぶなが》の言葉《ことば》に家臣《かしん》たちが息《いき》をのみました。

〝狭間《はざま》〟とは、山《やま》と山《やま》の間《あいだ》にはさまれた窪地《くぼち》を意味《いみ》します。

「桶狭間《おけはざま》……」

誰《だれ》かがつぶやいたのを聞《き》いた信長《のぶなが》がうなずきます。

「あそこなら大軍《たいぐん》であろうと意味《いみ》はない」

信長《のぶなが》は言《い》いました。

狭《せま》い道《みち》を行《い》くのです。とうぜん大勢《おおぜい》が横《よこ》にならんで通《とお》ることはできません。一列《れつ》になってすすむ必要《ひつよう》があります。

どれだけ義元《よしもと》が大軍《たいぐん》をひきいていたとしても、細長《ほそなが》い列《れつ》になってしまっては力《ちから》をじゅうぶんに発揮《はっき》することはできません。

「勝負《しょうぶ》をかけるならここしかないっ！」


小高《こだか》い丘《おか》の上《うえ》から、信長《のぶなが》は、今川義元《いまがわよしもと》の陣《じん》を見下《みお》ろしています。

天《てん》は黒雲《くろくも》におおわれ、地面《じめん》がえぐれるのではないかというほどのはげしい雨《あめ》が、さきほどから鎧《よろい》を叩《たた》きつづけています。
突然《とつぜん》の雨《あめ》に、今川《いまがわ》の兵《へい》たちは、方々《ほうぼう》へと散《ち》って雨宿《あまやど》りをしていました。
雨《あめ》が降《ふ》る直前《ちょくぜん》、義元《よしもと》は暑《あつ》さに耐《た》えかねて、みなに休息《きゅうそく》を命《めい》じました。
そのしらせも信長《のぶなが》はとうぜん耳《みみ》にしています。
陣幕《じんまく》を張《は》り、休息《きゅうそく》をしているところを狙《ねら》うつもりでした。
そこに突然《とつぜん》のはげしい雨《あめ》。
忍《しの》びよる信長《のぶなが》たちの足音《あしおと》が、この雨《あめ》で完全《かんぜん》に消《け》し去《さ》られました。
運《うん》が信長《のぶなが》に味方《みかた》をしています。
この機《き》を逃《のが》すつもりはありません。

桶狭間《おけはざま》の戦《たたか》いまでの信長《のぶなが》・今川義元《いまがわよしもと》の動《うご》きと城《しろ》・砦《とりで》の位置《いち》

ゆっくりと手《て》を上《あ》げます。そして、雨《あめ》に負《ま》けないように叫《さけ》びました。

「よいかっ！　狙《ねら》うは義元《よしもと》の首《くび》ただひとつ。それ以外《いがい》の首《くび》は捨《す》ておけ。分捕《ぶんど》りもするなっ！　この戦《いくさ》に参加《さんか》した者《もの》には、じゅうぶんな褒美《ほうび》を取《と》らせるから安心《あんしん》しろっ！」

敵《てき》の首《くび》を取《と》ると、もち帰《かえ》って自分《じぶん》の主《あるじ》に見《み》せる。それが当時《とうじ》の手柄《てがら》のあかしでした。

分捕《ぶんど》りというのは敵《てき》の持《も》ち物《もの》を奪《うば》う行為《こうい》です。

信長《のぶなが》はこのふたつを禁《きん》じました。

義元《よしもと》の首《くび》だけを狙《ねら》え。

恩賞《おんしょう》はみなに与《あた》える。

これで兵《へい》たちは集中《しゅうちゅう》することができました。

「行《い》けぇっ！」

信長《のぶなが》が腕《うで》を振《ふ》りおろしました。

雨《あめ》のなか、織田《おだ》の兵《へい》たちがいっせいに丘《おか》を駆《か》けおりてゆきます。

休息中《きゅうそくちゅう》の突然《とつぜん》の雨《あめ》にとまどっていた今川家《いまがわけ》の兵《へい》たちは、はじめなにが起《お》こったのかわかりませんでした。

それは義元《よしもと》も同《おな》じです。

「何事《なにごと》じゃ？」

家臣《かしん》に聞《き》きますが、誰《だれ》にもわかりません。

こんな陣中《じんちゅう》ふかくに、まさか信長《のぶなが》が攻《せ》めこんでくるとは思《おも》ってもみませんでした。

そのうち、だんだんと騒《さわ》ぎが近《ちか》くまで迫《せま》ってきます。

事態《じたい》を把握《はあく》した者《もの》が、義元《よしもと》のいる陣幕内《じんまくない》に飛《と》びこんできました。

「おっ、織田信長《おだのぶなが》の奇襲《きしゅう》にござりまするっ！」

「なっ……」

義元《よしもと》は言葉《ことば》をうしないました。

呆気《あっけ》に取《と》られている義元《よしもと》の目《め》の前《まえ》で、陣幕《じんまく》が切《き》り裂《さ》かれます。

そのむこうから、織田家《おだけ》の家紋《かもん》を記《しる》した旗《はた》を背《せ》にさした兵《へい》たちがなだれこんできました。

「お、織田《おだ》のうつけ者《もの》などに負《ま》けはせぬわっ」

義元《よしもと》は腰《こし》の刀《かたな》を抜《ぬ》きました。

敵《てき》は、今川家《いまがわけ》の重臣《じゅうしん》たちには見《み》むきもしません。義元《よしもと》へとまっすぐに駆《か》けてきます。

まるで町中《まちなか》の荒《あら》くれ者《もの》のような顔《かお》つきの織田《おだ》の兵《へい》。

まっ先《さき》に義元《よしもと》に襲《おそ》いかかったのは、信長《のぶなが》の若《わか》いころからの仲間《なかま》でした。

服部小平太《はっとりこへいた》が義元《よしもと》を槍《やり》で突《つ》きます。

「舐《な》めるなっ」

義元《よしもと》も海道一《かいどういち》の弓取《ゆみと》りと呼《よ》ばれたほどの武士《ぶし》です。傷《きず》つきながらも、手《て》にした刀《かたな》で小平《こへい》太《た》の膝《ひざ》を斬《き》りました。

体勢《たいせい》を崩《くず》した小平太《こへいた》が、仲間《なかま》を見《み》て叫《さけ》びます。

「新助《しんすけ》っ！」

「おおおおっ！」

膝《ひざ》を負傷《ふしょう》した友《とも》にこたえるように雄叫《おたけ》びをあげたのは毛利新助《もうりしんすけ》。彼《かれ》もまた信長《のぶなが》の那古屋《なごや》時代《じだい》からの仲間《なかま》です。

小平太《こへいた》を飛《と》びこえるようにして跳《と》んだ新助《しんすけ》の刀《かたな》が、義元《よしもと》の首《くび》に入《はい》りました。

「今川義元《いまがわよしもと》っ、討《う》ちとったりぃぃぃいっ！」

新助《しんすけ》は天《てん》を見《み》あげて叫《さけ》びます。

すでに雨《あめ》は止《や》んでいました。


義元《よしもと》を討《う》たれた今川軍《いまがわぐん》は、蜘蛛《くも》の子《こ》を散《ち》らすようにして駿河《するが》へと逃《に》げ帰《かえ》りました。

信長《のぶなが》は勝《か》ったのです。

四万《まん》五千《せん》対《たい》三千《ぜん》。

信《しん》じられないくらいの逆転勝利《ぎゃくてんしょうり》でした。

毛利新助《もうりしんすけ》、服部小平太《はっとりこへいた》たち決戦《けっせん》にしたがった家臣《かしん》たちを引《ひ》き連《つ》れて、信長《のぶなが》は清洲《きよす》へともどります。

清洲城下《きよすじょうか》には、すでに信長《のぶなが》が義元《よしもと》を討《う》ったというしらせは届《とど》いていました。

「おおおおっ」

信長《のぶなが》たちの姿《すがた》を見《み》つけた清洲《きよす》の町《まち》のひとびとが、歓声《かんせい》をあげています。

兵《へい》たちが誇《ほこ》らしげにその声《こえ》を受《う》けるのを、信長《のぶなが》はすこし笑《わら》いながら見《み》つめていました。

尾張《おわり》の大《おお》うつけと呼《よ》ばれて嫌《きら》われていたのが嘘《うそ》のように、清洲《きよす》のひとびとは信長《のぶなが》を嬉々《きき》として受《う》けいれてくれています。

そこにはもう、大《おお》うつけはいませんでした。

尾張《おわり》の織田信長《おだのぶなが》。

清洲城《きよすじょう》の主《あるじ》はこの日《ひ》の勝利《しょうり》によって、日本国中《にほんこくじゅう》にその名《な》を知《し》らしめました。

天下統一《てんかとういつ》という名《な》の歯車《はぐるま》は、この信長《のぶなが》の勝利《しょうり》によってゆっくりと回《まわ》りはじめたのです。

入場料《にゅうじょうりょう》はおいくら？ 作《つく》った城《しろ》で金儲《かねもう》け！ 織田信長《おだのぶなが》と安土城《あづちじょう》

みなさんは遊園地《ゆうえんち》やテーマパークに行《い》った時《とき》、入場料《にゅうじょうりょう》を払《はら》いますよね。

有名《ゆうめい》なお寺《てら》や神社《じんじゃ》などでも、入館料《にゅうかんりょう》や拝観料《はいかんりょう》を払《はら》って見学《けんがく》するようなところがあります。

なんと、自分《じぶん》が建《た》てた城《しろ》を見学《けんがく》させて入場料《にゅうじょうりょう》を払《はら》わせた武将《ぶしょう》が、戦国時代《せんごくじだい》にもいました。

織田信長《おだのぶなが》です。

天下統一《てんかとういつ》を目前《もくぜん》にした信長《のぶなが》が最後《さいご》に建《た》てた城《しろ》、それが安土城《あづちじょう》です。

安土城《あづちじょう》は当時《とうじ》、もっとも豪華《ごうか》な城《しろ》として知《し》られていました。

彼《かれ》は、そんな安土城《あづちじょう》のなかを見学《けんがく》させ、お金《かね》を取《と》っていたのです。

いまではめずらしくないことのように思《おも》えますが、当時《とうじ》は誰《だれ》もそんなことはしませんでした。

今回《こんかい》はちょっと変《か》わった、信長《のぶなが》とお城《しろ》のお話《はなし》です。

天下布武《てんかふぶ》への道《みち》

桶狭間《おけはざま》で今川義元《いまがわよしもと》を倒《たお》した信長《のぶなが》は、美濃《みの》（いまの岐阜県南部《ぎふけんなんぶ》あたり）の斎藤氏《さいとうし》を滅《ほろ》ぼし、その居城《きょじょう》であった稲葉山城《いなばやまじょう》に入《はい》りました。

清洲城《きよすじょう》が尾張《おわり》の支配者《しはいしゃ》としての城《しろ》であったとすれば、稲葉山城《いなばやまじょう》は美濃《みの》と尾張《おわり》にまたがって広《ひろ》がる濃尾平野《のうびへいや》を治《おさ》め、上洛《じょうらく》をめざすための新《あら》たな居城《きょじょう》です。

信長《のぶなが》はこの城《しろ》の名前《なまえ》を、〝岐阜城《ぎふじょう》〟とあらためました。

中国《ちゅうごく》の周《しゅう》という国《くに》の王《おう》が、岐山《きざん》という山《やま》で志《こころざし》を立《た》て、のちに国《くに》を起《お》こしたという古《ふる》い話《はなし》にちなんで名《な》づけられたのです。

信長《のぶなが》が稲葉山《いなばやま》を岐阜《ぎふ》としなければ、いまの岐阜県《ぎふけん》はちがう名前《なまえ》だったはずです。

このころから信長《のぶなが》は、〝天下布武《てんかふぶ》〟という印《いん》を、文書《ぶんしょ》に押《お》すようになります。

天下《てんか》を武力《ぶりょく》によって統一《とういつ》するという、信長《のぶなが》の決意表明《けついひょうめい》でした。

そして彼《かれ》は、戦国武将《せんごくぶしょう》たちの夢《ゆめ》である上洛《じょうらく》を、ついにはたします。

「儂《わし》には力《ちから》がない。どうか信長殿《のぶながどの》のお力《ちから》で儂《わし》を将軍《しょうぐん》にしてもらいたい」

室町幕府《むろまちばくふ》の将軍《しょうぐん》の家《いえ》に生《う》まれながら、各地《かくち》の武将《ぶしょう》を転々《てんてん》として生《い》きていた足利義昭《あしかがよしあき》が、信長《のぶなが》に泣《な》きついてきました。

信長《のぶなが》は、義昭《よしあき》を将軍《しょうぐん》にするという目的《もくてき》をはたすため、京《きょう》と尾張《おわり》の間《あいだ》に位置《いち》する近江《おうみ》（いまの滋賀県《しがけん》あたり）の浅井長政《あざいながまさ》に自分《じぶん》の妹《いもうと》のお市《いち》を嫁《よめ》にだして同盟《どうめい》を結《むす》び、京《きょう》をめざします。

「今日《きょう》から信長殿《のぶながどの》は儂《わし》の父上《ちちうえ》じゃ」

上洛《じょうらく》をはたし将軍《しょうぐん》となった義昭《よしあき》は、そう言《い》って信長《のぶなが》に感謝《かんしゃ》しました。

将軍《しょうぐん》の父《ちち》どうぜんの大名《だいみょう》となった信長《のぶなが》は、天下統一《てんかとういつ》へ向《む》かってつきすすみます。

そんな彼《かれ》を裏切《うらぎ》る者《もの》があらわれました。

「すまぬ、お市《いち》。兄上《あにうえ》も大事《だいじ》だが、俺《おれ》は朝倉家《あさくらけ》を見《み》すてることはできぬ」

妹《いもうと》の夫《おっと》であった浅井長政《あざいながまさ》です。

浅井家《あざいけ》は越前《えちぜん》（いまの福井県北部《ふくいけんほくぶ》あたり）の朝倉家《あさくらけ》と、古《ふる》くから親《した》しい間柄《あいだがら》でした。

上洛《じょうらく》をはたした信長《のぶなが》は、朝倉家《あさくらけ》へ、織田家《おだけ》にしたがうようにという使者《ししゃ》をだしました。

しかし、朝倉家《あさくらけ》の当主《とうしゅ》であった義景《よしかげ》は、それをことわります。

両家《りょうけ》は戦《たたか》うことになりました。

信長《のぶなが》は、浅井長政《あざいながまさ》の治《おさ》める近江《おうみ》へと兵《へい》をすすめます。近江《おうみ》は、朝倉家《あさくらけ》のいる越前《えちぜん》への通《とお》り道《みち》でした。

さらに越前《えちぜん》へと進軍《しんぐん》しようとする信長《のぶなが》のもとへ、お市《いち》から、ある物《もの》がとどけられます。

「なんじゃこれは」

信長《のぶなが》が手《て》に取《と》った物《もの》を見《み》て、家臣《かしん》たちがふしぎそうにつぶやきました。

信長《のぶなが》はけわしい顔《かお》をしたまま、なにも言《い》いません。

お市《いち》から送《おく》られてきたのは小豆《あずき》でした。それはちいさな袋《ふくろ》に入《はい》っており、両端《りょうはし》が紐《ひも》でかたく結《むす》ばれています。

どうして戦《いくさ》の最中《さいちゅう》に小豆《あずき》なんか送《おく》ってくるのか。

家臣《かしん》たちがふしぎに思《おも》うのも無理《むり》はありませんでした。

「殿《との》？」

家臣《かしん》たちがおそるおそる聞《き》きます。

「長政《ながまさ》め……」

小豆《あずき》をにぎった信長《のぶなが》の手《て》がふるえていました。

「奴《やつ》め裏切《うらぎ》りおった」

「は？」

信長《のぶなが》のつぶやきに、家臣《かしん》たちが首《くび》をかしげます。

「これを見《み》ろ」

信長《のぶなが》は、小豆《あずき》の袋《ふくろ》を家臣《かしん》たちにつきつけました。

しかしどの家臣《かしん》も、これがどうして浅井長政《あざいながまさ》の裏切《うらぎ》りをあらわすものなのかわかりません。

けげんそうに袋《ふくろ》を見《み》つめる家臣《かしん》たちに、信長《のぶなが》が舌打《したう》ちをします。

「袋《ふくろ》の両端《りょうたん》が、どちらも結《むす》ばれておる」

「はぁ」

まだ家臣《かしん》たちにはぴんときません。

その時《とき》。

「なるほどっ！」

ひときわかんだかい声《こえ》が、家臣《かしん》たちのなかから響《ひび》きました。

誰《だれ》が声《こえ》をあげたかに気《き》づき、信長《のぶなが》がにやりと笑《わら》います。

「わかったか猿《さる》」

信長《のぶなが》の言葉《ことば》に、声《こえ》をあげた男《おとこ》が大《おお》きくうなずきました。

猿《さる》と呼《よ》ばれた男《おとこ》の名《な》は、木下藤吉郎《きのしたとうきちろう》。のちの豊臣秀吉《とよとみひでよし》です。

信長《のぶなが》の草履取《ぞうりと》りからすさまじい勢《いきお》いで出世《しゅっせ》をなしとげ、いまでは軍議《ぐんぎ》にも出席《しゅっせき》できるようになった藤吉郎《とうきちろう》。

しかし古《ふる》くからの家臣《かしん》たちのなかには、もともと身分《みぶん》がひじょうに低《ひく》かった彼《かれ》のことを好《この》ましく思《おも》っていない者《もの》も少《すく》なくありませんでした。信長《のぶなが》から笑《え》みを向《む》けられた藤吉郎《とうきちろう》を、多《おお》くの家臣《かしん》たちがけわしい目《め》で見《み》つめています。

そんな視線《しせん》などおかまいなしに、藤吉郎《とうきちろう》は信長《のぶなが》につげました。

「袋《ふくろ》を結《むす》ぶふたつの紐《ひも》は浅井《あざい》と朝倉《あさくら》。そして袋《ふくろ》のなかの小豆《あずき》は織田《おだ》の軍勢《ぐんぜい》。つまり我《われ》らは

「浅井《あざい》と朝倉《あさくら》にはさまれておるという、お市様《いちさま》からの殿《との》へのしらせにござりまするな」

「そうじゃ」

言《い》うと同時《どうじ》に信長《のぶなが》は胸《むね》をはります。

「一刻《いっこく》も早《はや》く兵《へい》をひくぞっ！　しんがりは猿《さる》っ、貴様《きさま》がやれっ！」

その言葉《ことば》を聞《き》くや、さっきまでにくらしそうに藤吉郎《とうきちろう》を見《み》ていた家臣《かしん》たちの顔《かお》に、笑《え》みがいっせいに浮《う》かびました。

〝しんがり〟というのは、逃《に》げる兵《へい》のなかで最後《さいご》まで戦場《せんじょう》にとどまる者《もの》のことです。逃《に》げる味方《みかた》の兵《へい》の背後《はいご》を敵《てき》におそわれないように、壁《かべ》となって仲間《なかま》をひたすら守《まも》りつづけるのが仕事《しごと》でした。

そのため、生《い》きてもどるのはたいへんむずかしい役目《やくめ》です。しんがりをまかされるというのは栄誉《えいよ》でもありましたが、死《し》ねと言《い》われるのも同然《どうぜん》だったのでした。

「しょ、承知《しょうち》いたしました」

藤吉郎《とうきちろう》はふるえながら、陣《じん》を後《あと》にする信長《のぶなが》を見送《みおく》りました。

一度《ど》は兵《へい》をひいた信長《のぶなが》でしたが、浅井《あざい》、朝倉連合軍《あさくられんごうぐん》との間《あいだ》でおこった姉川《あねがわ》の戦《たたか》いで見事《みごと》勝利《しょうり》します。そののち浅井家《あざいけ》も朝倉家《あさくらけ》も、信長《のぶなが》によって滅《ほろ》ぼされました。

こうして信長《のぶなが》は、近江《おうみ》の地《ち》を手《て》にいれたのです。


安土城《あづちじょう》は、この近江国《おうみのくに》に建《た》てられることになりました。浅井《あざい》、朝倉《あさくら》との大戦《たいせん》から六年後《ねんご》の、天正四《てんしょうよ》（一五七六）年《ねん》のことです。

この時《とき》、すでに信長《のぶなが》は天下《てんか》にならぶもののない大大名《だいだいみょう》となっていました。

前年《ぜんねん》には、甲斐《かい》の名門《めいもん》である武田家《たけだけ》を、長篠《ながしの》の戦《たたか》いでやぶっています。（この戦《いくさ》のことは『戦国城《せんごくじょう》　武将《ぶしょう》たちと熱《あつ》き戦《たたか》い編《へん》』の〝長篠城《ながしのじょう》と鳥居強右衛門《とりいすねえもん》〟で詳《くわ》しく書《か》いています）

その後《ご》、みずからが将軍《しょうぐん》にした義昭《よしあき》も京《きょう》から追放《ついほう》し、信長《のぶなが》は天下統一《てんかとういつ》へとひた走《はし》ります。

清洲城《きよすじょう》から岐阜城《ぎふじょう》、そして安土城《あづちじょう》へ……。

帝《みかど》の住《す》む京《きょう》の都《みやこ》に近《ちか》い地《ち》にそびえるこの安土城《あづちじょう》こそ、天下人《てんかびと》の住《す》まうにふさわしい、信《のぶ》長《なが》の思《おも》いを形《かたち》にした、それまで誰《だれ》も見《み》たことのないような壮大《そうだい》なものだったのです。

絢《けん》爛《らん》豪《ごう》華《か》な城《しろ》

「では行《い》ってくる」

ひれふす家臣《かしん》たちに向《む》かって、藤吉郎《とうきちろう》は言《い》いました。

いえ、藤吉郎《とうきちろう》ではなく、秀吉《ひでよし》です。

彼《かれ》はこの時《とき》にはすでに名《な》をあらため、羽柴秀吉《はしばひでよし》と名《な》のっています。

羽柴《はしば》という姓《せい》は、織田家《おだけ》の重臣《じゅうしん》である柴田勝家《しばたかついえ》と丹羽長秀《にわながひで》の〝柴《しば》〟と〝羽《は》〟という字《じ》をもらい受《う》けて、藤吉郎《とうきちろう》がみずからつくったものでした。

秀吉《ひでよし》はわずかな供《とも》の者《もの》をつれて、ま新《あたら》しい玄関《げんかん》から外《そと》に出《で》ます。

広大《こうだい》な敷地《しきち》にそびえる屋敷《やしき》は、秀吉《ひでよし》のために建《た》てられたものでした。秀吉《ひでよし》は外《そと》に出《で》るやふりかえって、まだ木《き》の香《かお》りのする屋敷《やしき》をながめます。

「ありがたき幸《しあわ》せにございます、殿《との》」

屋根《やね》を見《み》あげる秀吉《ひでよし》の目《め》に、涙《なみだ》が浮《う》かびます。

朝倉《あさくら》と浅井《あざい》にはさまれ、しんがりをつとめた時《とき》のことが思《おも》い出《だ》されました。あの時《とき》、命《いのち》がけで仲間《なかま》たちを守《まも》り、多《おお》くの家来《けらい》をうしないながらも京《きょう》にもどった秀吉《ひでよし》を、信長《のぶなが》は手《て》ばなしで褒《ほ》めてくれました。

おかげでいまでは、家臣《かしん》のなかでも一、二をあらそうほどの信頼《しんらい》を、信長《のぶなが》からえています。

そのあかしがこの屋敷《やしき》でした。

安土城《あづちじょう》は、こだかい山《やま》の地形《ちけい》を利用《りよう》して建《た》てられています。現在《げんざい》では、周囲《しゅうい》は住居《じゅうきょ》や田圃《たんぼ》にかこまれていますが、当時《とうじ》は琵琶湖《びわこ》の水《みず》が山《やま》まで迫《せま》っていました。

そのため、安土城《あづちじょう》は湖面《こめん》に浮《う》いているようにも見《み》えます。

安土山《あづちやま》のふもとから、山頂《さんちょう》の安土城《あづちじょう》の本丸《ほんまる》へとつづく長《なが》い石段《いしだん》は、城《しろ》のなかでも一番《いちばん》幅《はば》広《ひろ》く、もっとも重要《じゅうよう》な道《みち》でした。

大手門《おおてもん》からのびるその石段《いしだん》の入《い》り口《ぐち》に近《ちか》い場所《ばしょ》に、秀吉《ひでよし》の屋敷《やしき》はあります。

城《しろ》の周囲《しゅうい》にちらばる家臣《かしん》たちの屋敷《やしき》のなかでも、とくに広《ひろ》い敷地《しきち》を与《あた》えられたうえ、大《おお》手門《てもん》のそばという、たいへん便利《べんり》な場所《ばしょ》なのです。

草履取《ぞうりと》りからはじめたとは考《かんが》えられないほどの、すさまじい出世《しゅっせ》です。

「いくか」

くるりとふりかえり、秀吉《ひでよし》は歩《ある》きだします。

屋敷《やしき》の門《もん》をくぐると、すぐそこは本丸《ほんまる》へとつづく石段《いしだん》です。

城《しろ》の石段《いしだん》というのは、敵《てき》に攻《せ》められた時《とき》のために、段《だん》の高《たか》さを均等《きんとう》にしていません。よいしょっと気合《きあい》をいれてのぼらなければならない段《だん》の後《あと》に、ちょっと足《あし》をあげただけでとどく段《だん》があり、そのつぎはまたすこし高《たか》い段《だん》。

そんな具合《ぐあい》なので、のぼるのはたいへんつかれます。

しかし、秀吉《ひでよし》の足取《あしど》りは軽快《けいかい》でした。

「ほっ！　よいっ！　あらさっ！」

楽《たの》しげなかけ声《ごえ》とともに、飛《と》びはねるようにして石段《いしだん》をのぼってゆきます。

殿《との》に会《あ》える……。

そう思《おも》うだけで、日《ひ》ごろのつかれもなにもかも吹《ふ》きとぶのです。

秀吉《ひでよし》にとって信長《のぶなが》は、神様《かみさま》のような人《ひと》でした。

彼《かれ》の出世《しゅっせ》は、信長《のぶなが》がいなければなしとげられないものでした。

このころの世《よ》の中《なか》には身分《みぶん》の差《さ》があり、生《う》まれた時《とき》から人《ひと》の一生《いっしょう》はあらかた決《き》まっていたのです。

農民《のうみん》に生《う》まれれば農民《のうみん》に。商人《しょうにん》は商人《しょうにん》に。武士《ぶし》は武士《ぶし》に。といったふうに誰《だれ》もが身分《みぶん》にしばられていました。

秀吉《ひでよし》のように、農民《のうみん》に生《う》まれながら、武士《ぶし》の世界《せかい》で出世《しゅっせ》したいと思《おも》う人《ひと》もいましたが、夢《ゆめ》を叶《かな》えることのできる人《ひと》はそうはいません。

信長《のぶなが》は、優秀《ゆうしゅう》ならば身分《みぶん》は問《と》わない人《ひと》でした。こういう主《あるじ》に出会《であ》えたからこそ、秀吉《ひでよし》はこんなに立派《りっぱ》な屋敷《やしき》をもてるまでになれたのです。

「俺《おれ》は信長様《のぶながさま》がいなかったらと思《おも》うと、ぞっとする」

息《いき》を荒《あら》くさせてついてくる家臣《かしん》に向《む》かって、秀吉《ひでよし》が語《かた》りかけます。

「あれを見《み》よ」

秀吉《ひでよし》が見《み》あげるさきに、山頂《さんちょう》があります。

そこには、六階建《ろっかいだ》てのきらびやかな天守《てんしゅ》がそびえていました。

四階《かい》までは白壁《しらかべ》で四角《かく》、五階《かい》は八角《はっかく》。そして六階《ろっかい》はまた四角《かく》という複雑《ふくざつ》な構造《こうぞう》です。五階《かい》と六階《ろっかい》は外《そと》に出《で》られるように、御縁側《ごえんがわ》とよばれる、いまでいうベランダのような場《ば》所《しょ》がありました。落下防止《らっかぼうし》の高欄《こうらん》とよばれる手《て》すりがあります。四階《かい》までとそれより上階《じょうかい》とで、まったくおもむきがちがう天守《てんしゅ》です。豪壮《ごうそう》な日本《にほん》の建物《たてもの》の上《うえ》に、南蛮風《なんばんふう》の異国的《いこくてき》な建物《たてもの》がのっているような造《つく》りでした。

そのふしぎな姿《すがた》は、これまで誰《だれ》も見《み》たことのない斬新《ざんしん》なものです。

「こんな城《しろ》を建《た》てることができるのは、信長様《のぶながさま》いがいにおらぬ」

秀吉《ひでよし》の言葉《ことば》に、家臣《かしん》たちが大《おお》きくうなずきました。

石段《いしだん》をのぼりきり、黒金門《くろがねもん》とよばれる門《もん》から本丸《ほんまる》へと入《はい》ります。すると、すぐに二の丸《まる》が左手《ひだりて》に見《み》えてきました。

秀吉《ひでよし》は、二の丸《まる》の脇《わき》を抜《ぬ》けるようにしてつづく、なだらかな坂道《さかみち》をのぼってゆきます。二の丸《まる》によってさえぎられていた視界《しかい》が一気《いっき》に開《ひら》け、目《め》に安土城《あづちじょう》の天守《てんしゅ》が飛《と》びこんできました。

「おぉ……」

秀吉《ひでよし》は思《おも》わず声《こえ》をあげます。

間近《まぢか》から見《み》あげる天守《てんしゅ》は、まるでそれ自体《じたい》がきらきらと光《ひかり》を放《はな》っているように見《み》えました。

「これじゃな」

秀吉《ひでよし》は視線《しせん》を足《あし》もとにおとしました。

天守《てんしゅ》に面《めん》した広場《ひろば》に、純白《じゅんぱく》の小石《こいし》がしきつめられています。この小石《こいし》に太陽《たいよう》の光《ひかり》が反射《はんしゃ》して、こまかな光《ひかり》が天守《てんしゅ》にあたり、かがやくように見《み》えたのでした。

「さすがは信長様《のぶながさま》じゃ」

この白石《しろいし》も、二の丸《まる》によってさえぎられていた視界《しかい》が開《ひら》けた瞬間《しゅんかん》に天守《てんしゅ》が見《み》えるという演出《えんしゅつ》も、すべて信長《のぶなが》の計算《けいさん》によるものだということを秀吉《ひでよし》は知《し》っています。

人《ひと》をわくわくさせることにかけて、信長《のぶなが》という人《ひと》は天才《てんさい》でした。そして、そんな彼《かれ》のことを、秀吉《ひでよし》は心《こころ》の底《そこ》から尊敬《そんけい》しています。

人《ひと》をよろこばせようとする信長《のぶなが》の意図《いと》にふれるたびに、秀吉《ひでよし》はたまらなくなって目《め》から涙《なみだ》があふれてくるのです。

「よう来《き》た、猿《さる》っ！」

天《てん》から信長《のぶなが》の声《こえ》が降《ふ》ってきて、秀吉《ひでよし》は顔《かお》をきょろきょろさせました。

「ここじゃっ」

その声《こえ》に誘《さそ》われるようにして、秀吉《ひでよし》は、視線《しせん》を上《うえ》へ向《む》けました。

そこには、天守《てんしゅ》から白石《しろいし》の広場《ひろば》に張《は》りだすようになっている、まるで京都《きょうと》の清水《きよみず》の舞台《ぶたい》のような建物《たてもの》があります。

上部《じょうぶ》の平面《へいめん》になっているであろう場所《ばしょ》に信長《のぶなが》が立《た》ち、秀吉《ひでよし》を見《み》おろしていました。

髪《かみ》は綺麗《きれい》にととのえられ、ほそい口髭《くちひげ》をはやしています。

上等《じょうとう》な衣《ころも》の上《うえ》に、南蛮《なんばん》の豪華《ごうか》な黒《くろ》いマントをはおっていました。その姿《すがた》はもはや、那古《なご》屋《や》にいたころの〝大《おお》うつけ〟ではありません。

もともと信長《のぶなが》は美《うつく》しい顔《かお》だちです。こうして身《み》なりをととのえると、全身《ぜんしん》に気品《きひん》がただよいます。その凛々《りり》しい姿《すがた》も、秀吉《ひでよし》にとっては憧《あこが》れでした。

「信長様《のぶながさま》ぁっ！」

「はよう、来《こ》い」

そう言《い》って、信長《のぶなが》が舞台《ぶたい》の奥《おく》へと消《き》えました。

秀吉《ひでよし》は後《あと》を追《お》うようにして白石《しろいし》の広場《ひろば》をぬけ、ふだん信長《のぶなが》が住《す》む本丸御殿《ほんまるごてん》の脇《わき》をぬけます。わずかな石段《いしだん》をのぼると、天守《てんしゅ》は目《め》の前《まえ》でした。

入《い》り口《ぐち》を守《まも》る兵《へい》たちが、秀吉《ひでよし》に頭《あたま》をさげます。

天守《てんしゅ》のなかに入《はい》ると信長《のぶなが》が待《ま》っていました。

「よう来《き》たな猿《さる》。毛利《もうり》との戦《いくさ》にはげんでおるようじゃの」

信長《のぶなが》が秀吉《ひでよし》の背中《せなか》を叩《たた》きます。

それだけで秀吉《ひでよし》はうれしくて泣《な》きそうになりました。

秀吉《ひでよし》は、周防《すおう》（いまの山口県南東部《やまぐちけんなんとうぶ》あたり）を中心《ちゅうしん》に巨大《きょだい》な勢力《せいりょく》をほこっている毛利家《もうりけ》との戦《いくさ》を、信長《のぶなが》からまかされています。

信長《のぶなが》にねぎらわれ、秀吉《ひでよし》は感無量《かんむりょう》です。

「さぁ、お前《まえ》に見《み》せたいものがある」

そう言《い》って信長《のぶなが》は秀吉《ひでよし》をせかします。子《こ》どものような笑《え》みを浮《う》かべて先《さき》を行《い》く信長《のぶなが》を、秀吉《ひでよし》も嬉々《きき》とした表情《ひょうじょう》で追《お》いました。

地下《ちか》は柱《はしら》がむきだしになっていて、蔵《くら》として使《つか》われています。

階段《かいだん》をのぼると今度《こんど》は一階《いっかい》。青々《あおあお》とした畳《たたみ》と、金色《きんいろ》の襖《ふすま》におおわれた部屋《へや》がいくつもつらなっていました。金《きん》の襖《ふすま》に、中国《ちゅうごく》の身分《みぶん》の高《たか》い人物《じんぶつ》や草花《くさばな》の鮮《あざ》やかな絵《え》が、描《えが》かれています。

二階《かい》、三階《がい》も一階《いっかい》と同《おな》じような造《つく》りでした。

「まだまだのぼるぞ」

先《さき》を行《い》く信長《のぶなが》がそう言《い》いながら大股《おおまた》で歩《ある》きます。秀吉《ひでよし》は小走《こばし》りでついてゆきました。

「ここが四階《かい》じゃ」

それまでの景色《けしき》から一変《いっぺん》して、殺風景《さっぷうけい》な様子《ようす》に秀吉《ひでよし》はいささかおどろきます。

畳《たたみ》ではなく板張《いたば》りの床《ゆか》。襖《ふすま》にもなにひとつ、描《えが》かれていません。

おどろく秀吉《ひでよし》を、信長《のぶなが》がいたずらっ子《こ》のように笑《わら》いながら見《み》つめています。

「さぁ、つぎが五階《かい》じゃ」

信長《のぶなが》が階段《かいだん》に足《あし》をかけ、秀吉《ひでよし》はだまったまたまついてゆきます。

「おぉ……」

五階《かい》に入《はい》ると、秀吉《ひでよし》は思《おも》わず声《こえ》をあげました。

殺風景《さっぷうけい》な四階《かい》から、ふたたびまぶしい金色《きんいろ》の襖絵《ふすまえ》の空間《くうかん》になりました。しかも八角形《はっかっけい》の五階《かい》はひと間《ま》のみ。それまでの階《かい》では黒《くろ》かった柱《はしら》までも金色《きんいろ》です。

「すべて金箔《きんぱく》を張《は》りつけておる」

秀吉《ひでよし》の視線《しせん》を追《お》った信長《のぶなが》が、うれしそうに教《おし》えます。

「これは見事《みごと》な……」

秀吉《ひでよし》は声《こえ》をうしないました。

四階《かい》が殺風景《さっぷうけい》だったのは、この五階《かい》をよりきらびやかに見《み》せるための演出《えんしゅつ》だったのです。

「やはり信長様《のぶながさま》はすごい」

おもわず声《こえ》がもれていました。秀吉《ひでよし》のつぶやきを、信長《のぶなが》はほほえんだまま聞《き》いています。

「まだ終《お》わっておらぬぞ」

信長《のぶなが》はすでに、最上階《さいじょうかい》へとつづく階段《かいだん》にすすんでいます。

「猿《さる》っ」

夢見《ゆめみ》ごこちで室内《しつない》をながめていた秀吉《ひでよし》を、信長《のぶなが》の声《こえ》がゆりおこします。われにかえった秀吉《ひでよし》は、すでに階段《かいだん》なかばまでのぼっている信長《のぶなが》をあわてて追《お》いました。

「ここじゃ」

のぼりきった信長《のぶなが》が両手《りょうて》を広《ひろ》げました。

六階《ろっかい》もひと間《ま》です。

四角《かく》い部屋《へや》の壁《かべ》はすべて金色《きんいろ》。柱《はしら》は黒《くろ》く塗《ぬ》られています。しかし四階《かい》より下《した》の階《かい》とはちがい、濡《ぬ》れたように光《ひか》りかがやく黒《くろ》でした。漆《うるし》です。六階《ろっかい》の黒《くろ》い柱《はしら》はたんねんに漆《うるし》が塗《ぬ》られており、美《うつく》しい艶《つや》をはなっていました。

「これが天下布武《てんかふぶ》の城《しろ》じゃ」

信長《のぶなが》が、金色《きんいろ》の壁《かべ》にはめられた黒塗《くろぬ》りの扉《とびら》を大《おお》きく開《ひら》きます。

青《あお》。

秀吉《ひでよし》の目《め》をうばったのは、まぶしいほどの青色《あおいろ》でした。

金色《きんいろ》の壁《かべ》を漆黒《しっこく》の四角《かく》い枠《わく》がふちどり、開《ひら》いた窓《まど》いっぱいに雲《くも》ひとつない空《そら》が広《ひろ》がっています。

そのあまりの鮮《あざ》やかさに、秀吉《ひでよし》は溜《た》め息《いき》をこぼしました。

空《そら》にとびこむように、信長《のぶなが》が黄金《おうごん》の部屋《へや》の外《そと》へとふみだします。

御縁側《ごえんがわ》へと出《で》た信長《のぶなが》が、秀吉《ひでよし》を手《て》まねきしました。

「見《み》よっ」

信長《のぶなが》が、両腕《りょううで》を思《おも》いっきり広《ひろ》げました。

琵琶湖《びわこ》の水面《すいめん》に映《うつ》りこんでいる安土山《あづちやま》が、一望《いちぼう》のもとに見《み》わたせます。

空《そら》と湖面《こめん》の青《あお》。そして安土山《あづちやま》の緑《みどり》。

城《しろ》につどうようにして建《た》つ家々《いえいえ》までもが、美《うつく》しく思《おも》えました。

「俺《おれ》はここから天下《てんか》を治《おさ》める」

空《そら》を舞《ま》う鳥《とり》を見《み》つめながら、信長《のぶなが》が言《い》いました。

「どこまでも……」

秀吉《ひでよし》は泣《な》きそうになって、声《こえ》をつまらせてしまいました。

信長《のぶなが》は待《ま》ちます。

一度《ど》ちいさく息《いき》を吸《す》ってから、秀吉《ひでよし》はふたたび言葉《ことば》をつぎました。

「どこまでも、ついてゆきまする」

「うむっ」

力《ちから》づよくうなずく信長《のぶなが》のとなりで、秀吉《ひでよし》は時《とき》を忘《わす》れ、まぶしい青《あお》と緑《みどり》の世界《せかい》を見《み》つめつづけました。

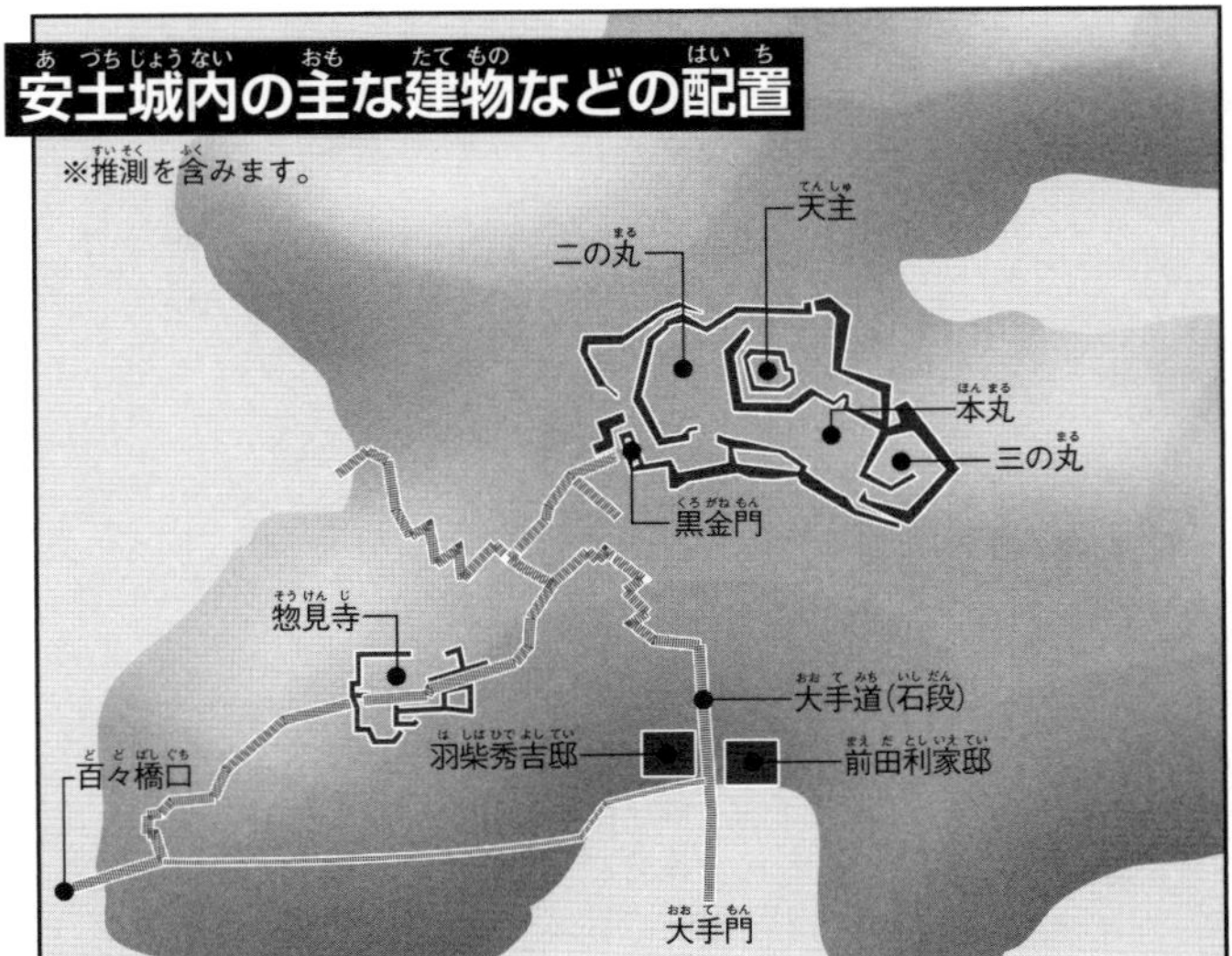

もはや城《しろ》は戦《いくさ》のためのものではない

安土山《あづちやま》が、ひとびとの歓声《かんせい》につつまれています。

その中心《ちゅうしん》にあったのは、土俵《どひょう》でした。

織田《おだ》家《け》の家臣《かしん》たちが土俵《どひょう》を取《と》りかこみ、その外《そと》に民衆《みんしゅう》たちまでもいっしょになって相撲《すもう》を楽《たの》しんでいました。

近江《おうみ》や京都《きょうと》をはじめ、いろいろなところからあつめられた力士《りきし》の数《かず》は、なんと千《せん》五百人《ひゃくにん》あまり。

その日《ひ》、辰《たつ》の刻《こく》からはじまった相撲《すもう》は、酉《とり》の刻《こく》までつづきました。

いまの時間《じかん》でいうと、朝《あさ》の八時《じ》ごろからはじまって、夕方《ゆうがた》の六時《じ》ごろまでえんえんと相撲《すもう》を取《と》りつづけたということになります。

「おぉおっ！」

土俵《どひょう》ぎわの一番《いちばん》いい席《せき》で、信長《のぶなが》が興奮《こうふん》した声《こえ》をあげました。

目《め》の前《まえ》に、土俵《どひょう》の外《そと》まで投《な》げとばされた力士《りきし》がころがっています。

信長《のぶなが》の周囲《しゅうい》には、家臣《かしん》たちがひかえ、彼《かれ》らもいっしょに笑《わら》っていました。家臣《かしん》たちもまた、自分《じぶん》がやとっている力士《りきし》をつれて来《き》ています。

自分《じぶん》の力士《りきし》が立《た》ちあう時《とき》など、みな鼻《はな》の穴《あな》を大《おお》きく広《ひろ》げ、子《こ》どものように興奮《こうふん》しながら応援《おうえん》しました。それを信長《のぶなが》は楽《たの》しそうに見《み》ています。

「がんばれぇっ！」

「よいしょおっ！」

「負《ま》けるなっ！」

ひとびとの熱気《ねっき》がうずとなって、土俵《どひょう》へと注《そそ》ぎこまれています。

これほど多《おお》くの人《ひと》の前《まえ》で取《と》り組《く》むことはあまりないので、力士《りきし》たちもいつも以上《いじょう》に力《ちから》が入《はい》っていました。そして熱戦《ねっせん》がくりひろげられます。

ここは安土山《あづちやま》。

戦国武将《せんごくぶしょう》の城《しろ》の敷地内《しきちない》です。

本来《ほんらい》、城《しろ》は国《くに》をささえる最後《さいご》の砦《とりで》のようなものでした。戦《いくさ》にそなえ防御《ぼうぎょ》をかためることが第一《だい》の目的《もくてき》だともいえます。

しかしこの場《ば》には、そんな緊張《きんちょう》した空気《くうき》はどこにもありません。武士《ぶし》も力士《りきし》も、そして民衆《みんしゅう》たちも、みなそろって同《おな》じ娯楽《ごらく》を楽《たの》しんでいます。

「相撲《すもう》はいいのぉ」

土俵《どひょう》の上《うえ》で大男《おおおとこ》たちがぶつかりあうのを見《み》つめながら、信長《のぶなが》がしみじみとつぶやきました。

場《ば》をうめつくす民《たみ》のよろこぶ声《こえ》が、うれしくてたまりません。

那古屋城《なごやじょう》にいた若《わか》いころは大《おお》うつけと呼《よ》ばれ、町《まち》のひとびとからは好《す》かれなかった信長《のぶなが》です。

相撲《すもう》をよろこんでいる民《たみ》の声《こえ》をこうして聞《き》いていると、まるで自分《じぶん》を好《す》きだと言《い》ってくれているような気《き》がするのでした。

民《たみ》がよろこんでくれる。

そして自分《じぶん》もたのしい。

これ以上《いじょう》のよろこびはなく、それを実現《じつげん》できているのが、この安土城《あづちじょう》なのです。

「楽市楽座《らくいちらくざ》」によって多《おお》くの商人《しょうにん》たちが、この地《ち》にあつまってきました。

「楽市楽座《らくいちらくざ》」とは？

この時代《じだい》は、商売《しょうばい》をしようとすると、商品《しょうひん》をあつかう〝座《ざ》〟という組織《そしき》に入《はい》らなければなりませんでした。座《ざ》にはさまざまな決《き》まりやしばりがあります。

「売《う》りたい物《もの》を売《う》ればいい。それのなにが悪《わる》い」

そう思《おも》った信長《のぶなが》は、まだ岐阜《ぎふ》にいた時《とき》、この座《ざ》という仕組《しく》みをやめて、誰《だれ》もが売《う》りたい物《もの》を好《す》きに売《う》れるという町《まち》を、つくったのです。

そしてこの安土《あづち》でも、「楽市楽座《らくいちらくざ》」はつづけられました。

商人《しょうにん》たちがあつまってくると、そこにお金《かね》の流《なが》れができます。お金《かね》が流《なが》れれば、人《ひと》があつまってくる。

そうして安土《あづち》には、商人《しょうにん》だけではなく、いろいろな民《たみ》がたくさんあつまって、ますます活気《かっき》にあふれたのでした。

安土《あづち》の町《まち》は、信長《のぶなが》の天下統一《てんかとういつ》の拠点《きょてん》として、動《うご》きはじめたのです。

だからこその相撲《すもう》でした。

この城《しろ》は、もはや戦国時代《せんごくじだい》のような戦《いくさ》のための城《しろ》ではないということを、信長《のぶなが》は民《たみ》といっしょにたのしむことで伝《つた》えようとしたのです。

「永田正貞《ながたまささだ》と阿閉貞大《あつじさだひろ》を呼《よ》べ」

夕暮《ゆうぐ》れ近《ちか》く。

相撲《すもう》も終《お》わりが近《ちか》づいてきたころ、信長《のぶなが》は側近《そっきん》に言《い》いました。

永田正貞《ながたまささだ》と阿閉貞大《あつじさだひろ》は、信長《のぶなが》の家臣《かしん》です。

「永田《ながた》と阿閉《あつじ》をでございますか」

「あの二人《ふたり》はたいそうな力持《ちからも》ちだと聞《き》いておる。この場《ば》で相撲《すもう》を取《と》らせろ」

機嫌《きげん》よく話《はな》す信長《のぶなが》に、側近《そっきん》も笑顔《えがお》でうなずき二人《ふたり》を呼《よ》びにいきます。

それから、家臣《かしん》たちの相撲大会《すもうたいかい》がはじまりました。堀秀政《ほりひでまさ》や蒲生氏郷《がもううじさと》といった、のちに大名《だいみょう》にまでなる男《おとこ》たちも、この相撲大会《すもうたいかい》に参加《さんか》します。

そして家臣《かしん》たちの相撲《すもう》のクライマックス。力持《ちからも》ちで名《な》の知《し》られた二人《ふたり》、永田《ながた》と阿閉《あつじ》の対《たい》決《けつ》がいよいよはじまります。

「よいかっ！　手《て》を抜《ぬ》くと俺《おれ》が許《ゆる》さんぞっ！」

土俵《どひょう》の上《うえ》でにらみあう永田《ながた》と阿閉《あつじ》に、信長《のぶなが》の気合《きあい》のこもった声《こえ》がとびます。

主君《しゅくん》のはげしい言葉《ことば》に、二人《ふたり》が同時《どうじ》に唾《つば》をのみました。

きんちょうした面《おも》もちで、さらににらみあいます。

行司《ぎょうじ》の木瀬《きのせ》蔵春庵《ぞうしゅんあん》が二人《ふたり》の間《あいだ》に立《た》って、軍配《ぐんばい》をかまえました。

「見《み》あって」

永田《ながた》と阿閉《あつじ》が、両《りょう》の拳《こぶし》を土俵《どひょう》につけました。

蔵春庵《ぞうしゅんあん》が軍配《ぐんばい》をひくと同時《どうじ》に、二人《ふたり》の頭《あたま》がはげしくぶつかります。ごつんという音《おと》が、やや離《はな》れたところで見守《みまも》っている民衆《みんしゅう》にまで聞《き》こえてきました。

「ぬううっ！」

永田《ながた》も阿閉《あつじ》も一歩《いっぽ》もゆずりませんでした。土俵《どひょう》の中央《ちゅうおう》で組《く》んだまま、微動《びどう》だにしません。

「阿閉《あつじ》のほうが上《うえ》じゃな」

信長《のぶなが》が側近《そっきん》たちに語《かた》りかけます。

側近《そっきん》たちは首《くび》をかしげました。見《み》たところ二人《ふたり》は互角《ごかく》。まだどちらが優勢《ゆうせい》かなどわからなかったのです。

しかし信長《のぶなが》が言《い》ったとおり、じりじりと阿閉《あつじ》が永田《ながた》を押《お》しはじめました。

「ほれ見《み》ろ」

信長《のぶなが》は、得意《とくい》そうです。

土俵際《どひょうぎわ》まで永田《ながた》が押《お》されました。踵《かかと》が俵《たわら》の上《うえ》にのっています。

「くそったれぇっ！」

気合一発《きあいいっぱつ》。

永田《ながた》が腰《こし》をひねって体《からだ》をそらせました。重心《じゅうしん》をくずされた阿閉《あつじ》が、一瞬《いっしゅん》のすきをつかれて土俵《どひょう》の外《そと》に投《な》げとばされます。

「おおおぉぉぉぉっ！」

気持《きも》ちのいい逆転劇《ぎゃくてんげき》に、みなが歓声《かんせい》をあげました。最初《さいしょ》、阿閉《あつじ》のほうが上《うえ》と言《い》っていた信長《のぶなが》も、興奮《こうふん》のあまり気《き》づかぬうちに立《た》ちあがっていました。

「ようやったっ」

土俵《どひょう》の上《うえ》で荒《あら》い息《いき》を吐《は》いている永田《ながた》に、信長《のぶなが》は大《おお》きな声《こえ》をかけました。うれしそうに頭《あたま》をさげる永田《ながた》に、信長《のぶなが》はなんどもうなずきを返《かえ》します。

この日《ひ》の相撲《すもう》は大成功《だいせいこう》でした。


「うわぁ……」

一人《ひとり》の女《おんな》の子《こ》が、感激《かんげき》の声《こえ》をもらしました。

彼女《かのじょ》の視線《しせん》のさきには、暗闇《くらやみ》に浮《う》かぶまばゆいばかりの無数《むすう》の光《ひかり》。しかしそれは空《そら》にかがやく星々《ほしぼし》ではありませんでした。

旧暦《きゅうれき》の七月《がつ》十五日《にち》、盂蘭盆《うらぼん》の夜《よる》です。

旧暦《きゅうれき》というのは、明治時代《めいじじだい》に西洋《せいよう》のものを取《と》りいれるまで日本《にほん》で使《つか》われていた暦《こよみ》です。いまの暦《こよみ》より一《いっ》カ月《げつ》ほどさかのぼります。ちなみにこの本《ほん》の中《なか》の月日《がっぴ》は、すべてこの旧暦《きゅうれき》によるものです。

つまり、旧暦《きゅうれき》の七月《がつ》十五日《にち》といえば、現在《げんざい》の八月半《がつなか》ばのお盆休《ぼんやす》みの時期《じき》にあたりました。

盂蘭盆《うらぼん》の日《ひ》には先祖《せんぞ》を供養《くよう》するというのは、いまのお盆《ぼん》と変《か》わりません。

天正九《てんしょう》（一五八一）年《ねん》の盂蘭盆《うらぼん》の日《ひ》、安土城《あづちじょう》は光《ひかり》につつまれていました。

「うつくしいわねぇ」

女《おんな》の子《こ》のお母《かあ》さんも、いっしょに城《しろ》を見《み》ています。

彼女《かのじょ》たちがいる場所《ばしょ》からだと、夜《よる》の琵琶湖《びわこ》の黒《くろ》い湖面《こめん》にうつる安土城《あづちじょう》まで、はっきりと見《み》えました。

天守《てんしゅ》だけではなく、本丸《ほんまる》へとつづく石段《いしだん》や、家臣《かしん》たちの屋敷《やしき》にも。数千《すうせん》もの提灯《ちょうちん》が、城内《じょうない》のいたるところにかかげられ、いっせいに光《ひかり》をはなっていたのです。

無数《むすう》の明《あ》かりに照《て》らされた安土城《あづちじょう》は、電灯《でんとう》のない戦国《せんごく》の夜《よる》では、まぶしすぎるほどにきらめいていました。

現在《げんざい》、クリスマスなどでいろいろな建物《たてもの》がライトアップされますね。

この時《とき》信長《のぶなが》が行《おこな》ったのは、まさにライトアップです。数百年《すうひゃくねん》も昔《むかし》に生《い》きた信長《のぶなが》が、すでにライトアップの発想《はっそう》をもっていたのです。それはもちろん、戦国時代《せんごくじだい》では相当《そうとう》ユニークな思《おも》いつきでした。

だから家臣《かしん》や民衆《みんしゅう》たちは、信長《のぶなが》の行動《こうどう》におどろかされ、そして、闇《やみ》のなかに浮《う》かびあが

る安土城《あづちじょう》を見《み》ては感動《かんどう》したのです。

「本当《ほんとう》にきれいだねぇ」

母《はは》の言葉《ことば》に、女《おんな》の子《こ》はだまってうなずきました。あまりに感動《かんどう》して涙《なみだ》ぐんでいるのです。

二人《ふたり》のほかにも、周囲《しゅうい》にはたくさんの見物人《けんぶつにん》たちがいました。

暑《あつ》い夏《なつ》の夜《よる》に幻想的《げんそうてき》な光景《こうけい》を見《み》て、みなたのしそうです。

「信長様《のぶながさま》のおかげだねぇ」

母《はは》は言《い》います。

女《おんな》の子《こ》も同《おな》じ気持《きも》ちでした。

そこにいた誰《だれ》もが、戦国《せんごく》の世《よ》の終《お》わりを予感《よかん》していました。

見学料《けんがくりょう》は誰《だれ》に払《はら》うの？

天正十《てんしょう》（一五八二）年《ねん》の正月《しょうがつ》。年始《ねんし》のあいさつのため、安土城《あづちじょう》にはたくさんの人《ひと》がおとずれました。

「たいへんでございますっ！」

側近《そっきん》の堀秀政《ほりひでまさ》が信長《のぶなが》に叫《さけ》びました。

「どうした？」

「あまりの人《ひと》の多《おお》さに百々《どど》の橋《はし》から惣見寺《そうけんじ》へといたる斜面《しゃめん》の石垣《いしがき》がふみくずされ、死人《しにん》が出《で》ております」

惣見寺《そうけんじ》は安土城内《あづちじょうない》に建《た》てられた寺《てら》です。城《しろ》の入《い》り口《ぐち》からこの寺《てら》へとつづく道《みち》の途中《とちゅう》の石《いし》垣《がき》が、くずれてしまったのでした。

「人《ひと》の整理《せいり》と死人《しにん》の確認《かくにん》をいそげ。石垣《いしがき》の補修《ほしゅう》はその後《あと》だ」

信長《のぶなが》の命《めい》を聞《き》いた秀政《ひでまさ》は、すぐにとびだしてゆきました。

「すごい人《ひと》じゃのう」

ごったがえす人《ひと》のなかで、柴田勝家《しばたかついえ》はとなりを歩《ある》く前田利家《まえだとしいえ》に言《い》いました。二人《ふたり》とも織《お》田家《だけ》の重臣《じゅうしん》です。

「春先《はるさき》だというのに暑《あつ》い」

そう言《い》って勝家《かついえ》は、あごにはえたひげを、ごりごりとかいています。

「これだけの人《ひと》ですから、熱気《ねっき》で暑《あつ》うなるのでしょう」

利家《としいえ》が、誠実《せいじつ》な人柄《ひとがら》をあらわすような、しずかな声《こえ》でこたえます。

二人《ふたり》は、安土城《あづちじょう》の本丸《ほんまる》へとつづく人《ひと》の列《れつ》にならんでいました。

信長《のぶなが》とあいさつをするためです。

あいさつの順番《じゅんばん》はあらかじめきまっていました。

まずは信長《のぶなが》の子《こ》どもや親戚《しんせき》たち織田家《おだけ》の一門《いちもん》。そして勝家《かついえ》たち近隣諸国《きんりんしょこく》にある大名《だいみょう》や小《しょう》名《みょう》たち。そして最後《さいご》が安土《あづち》につとめる者《もの》たちでした。

「それにしてもこの銭《ぜに》はなんであろうかの」

勝家《かついえ》が懐《ふところ》から銭《ぜに》の束《たば》を取《と》りだしました。

銭《ぜに》はちょうど百個《ひゃっこ》。銭《ぜに》の中央《ちゅうおう》にあいた穴《あな》に、紐《ひも》をとおしてまとめられています。

勝家《かついえ》が取《と》りだした銭《ぜに》を見《み》ながら、利家《としいえ》が口《くち》を開《ひら》きました。

「年始《ねんし》のあいさつに来《く》る者《もの》は、年賀《ねんが》の祝《いわ》い金《きん》を百文《ひゃくもん》、自分《じぶん》でもってこいとの信長様《のぶながさま》じきじきのご命令《めいれい》でございますからな」

「しかしなにゆえ百文《ひゃくもん》なのじゃ」

勝家《かついえ》は、信長《のぶなが》から城《しろ》を与《あた》えられた大名《だいみょう》です。百文《ひゃくもん》ほどの銭《ぜに》は、たいした金額《きんがく》ではありません。年賀《ねんが》の祝《いわ》いは、もっと豪勢《ごうせい》なものを準備《じゅんび》しているのです。自分自身《じぶんじしん》で百文《ひゃくもん》ずつもってこいという信長《のぶなが》の命令《めいれい》が、理解《りかい》できません。

「さて……。信長様《のぶながさま》のお考《かんが》えになられることですからな」

利家《としいえ》はそう言《い》って勝家《かついえ》にほほえみました。勝家《かついえ》も同意《どうい》するようにうなずきます。

家臣《かしん》たちにとっても信長《のぶなが》の考《かんが》えることは、すべて理解《りかい》できるものばかりではありませんでした。

二人《ふたり》が会話《かいわ》をしている間《あいだ》にも、人《ひと》の列《れつ》はじょじょに前《まえ》へとすすんでゆきます。

惣見寺《そうけんじ》へとたどりつくと、最初《さいしょ》に、あらたにつくられた毘沙門堂《びしゃもんどう》を見学《けんがく》させられました。

それを見終《みお》えると、こんどは天守閣《てんしゅかく》の下《した》に広《ひろ》がる、あの白石《しろいし》のしかれた広場《ひろば》にとおされます。

そこに大名《だいみょう》、小名《しょうみょう》たちがそろうと、信長《のぶなが》が天守《てんしゅ》の脇《わき》につくられた舞台《ぶたい》の上《うえ》にあらわれました。

「よく来《き》たっ！」

力《ちから》がみなぎった声《こえ》に、みながいっせいに頭《あたま》をさげました。

信長《のぶなが》は一人《ひとり》ずつに声《こえ》をかけてゆきます。

「勝家《かついえ》っ」

織田家《おだけ》いちの家臣《かしん》である勝家《かついえ》の名《な》を、信長《のぶなが》が呼《よ》びました。

「はっ！」

勝家《かついえ》は腹《はら》から声《こえ》をだしてこたえます。

戦場《せんじょう》では鬼《おに》とおそれられる勝家《かついえ》です。その威勢《いせい》のよい声《こえ》は、安土山《あづちやま》にとどろきました。

「上杉《うえすぎ》との戦《いくさ》、なかなか手《て》こずっておるようだな」

勝家《かついえ》は越後《えちご》（いまの新潟県《にいがたけん》あたり）の上杉景勝《うえすぎかげかつ》と戦《たたか》っている最中《さいちゅう》でした。

越後《えちご》の上杉《うえすぎ》といえば、景勝《かげかつ》の先代《せんだい》である謙信《けんしん》が有名《ゆうめい》です。

上杉家《うえすぎけ》の兵《へい》たちは手強《てごわ》く、勝家《かついえ》もなかなか勝《か》てずにいました。

「はげめよ」

「はっ！」

信長《のぶなが》からの言葉《ことば》はそれだけです。

その後《ご》も一人《ひとり》一人《ひとり》に声《こえ》をかけ、信長《のぶなが》は天守《てんしゅ》のなかへと消《き》えました。

つづいて舞台《ぶたい》の上《うえ》にあらわれたのは、側近《そっきん》の堀秀政《ほりひでまさ》です。

「それではみなさま」

秀政《ひでまさ》は勝家《かついえ》たちに声《こえ》をかけます。

「上様《うえさま》の格別《かくべつ》のおはからいにて、今日《きょう》はみなさまに御幸《ぎょこう》の間《ま》をお見《み》せいたします」

みなが感嘆《かんたん》の声《こえ》をもらしました。

御幸《ぎょこう》の間《ま》というのは、京《きょう》の都《みやこ》に住《す》む帝《みかど》が安土城《あづちじょう》に来《き》たさいに、信長《のぶなが》と会《あ》うための部屋《へや》です。勝家《かついえ》たちのような重臣《じゅうしん》であろうと、めったに見《み》られない部屋《へや》でした。

勝家《かついえ》たちは御幸《ぎょこう》の間《ま》に案内《あんない》されます。

「これは見事《みごと》」

となりで利家《としいえ》が溜《た》め息《いき》とともにつぶやきました。

四方《しほう》の壁《かべ》に金箔《きんぱく》が貼《は》られ、そこに色《いろ》とりどりの絵《え》が描《えが》かれています。襖《ふすま》の引《ひ》き手《て》などの金具《かなぐ》には、すべて金《きん》が使《つか》われ、部屋《へや》じゅうが光《ひか》りかがやいていました。床《ゆか》にしかれた青々《あおあお》とした畳《たたみ》が、金色《きんいろ》におおわれた室内《しつない》を引《ひ》きしめています。部屋《へや》には香《こう》がたかれて、芳《かぐわ》しい香《かお》りがただよっていました。

「あそこが帝《みかど》の……」

そう言《い》う利家《としいえ》の視線《しせん》を勝家《かついえ》は追《お》います。

一段高《いちだんたか》くなった上座《かみざ》には、黒《くろ》い御簾《みす》がかけられていました。帝《みかど》の姿《すがた》は、信長《のぶなが》ほど身分《みぶん》が高《たか》くても、直接見《ちょくせつみ》てはいけなかったのです。

御幸《ぎょこう》の間《ま》を見終《みお》えると、勝家《かついえ》たちはふたたび白石《しろいし》のしかれた広場《ひろば》へと案内《あんない》され、そしてこんどは台所口《だいどころぐち》へ向《む》かえという指示《しじ》がありました。

「信長様《のぶながさま》は、つぎは我《われ》らをどこにつれてゆくおつもりか」

首《くび》をかしげながらも、勝家《かついえ》たちは指示《しじ》にしたがい台所口《だいどころぐち》へと歩《ある》きます。

馬《うま》が飼《か》われている厩《うまや》の入《い》り口《ぐち》へとさしかかると、そこに数名《すうめい》の男《おとこ》が立《た》っているのが見《み》えました。

「ん？　あれは信長様《のぶながさま》ではありませんか？」

利家《としいえ》が言《い》います。

「まさか」

厩《うまや》のような場所《ばしょ》に信長《のぶなが》が立《た》っているはずもなかろうと、勝家《かついえ》は半分笑《はんぶんわら》いながら男《おとこ》たちをよく見《み》てみました。

「なっ……」

勝家《かついえ》は声《こえ》をうしないました。

たしかに、先頭《せんとう》に立《た》っているのは信長本人《のぶながほんにん》です。

厩《うまや》の入《い》り口《ぐち》にさしかかった人《ひと》からなにかを受《う》けとり、背後《はいご》へと投《な》げていました。うしろにひかえた側近《そっきん》が、かごのようなものでそれを受《う》けとっています。

「銭《ぜに》ですよ」

利家《としいえ》がつぶやきます。

信長《のぶなが》が受《う》けとっているのは、みずから持参《じさん》しろと命《めい》じていた百文《ひゃくもん》でした。

「このために、信長様《のぶながさま》は百文《ひゃくもん》をもってこいと申《もう》されておったのか」

その間《あいだ》にも、どんどん信長《のぶなが》へと近《ちか》づいてゆきます。ついに勝家《かついえ》の番《ばん》になりました。

「おう、勝家《かついえ》」

信長《のぶなが》が南蛮製《なんばんせい》のマントをひるがえしながら、言《い》いました。

「ほれ」

勝家《かついえ》に向《む》かって、信長《のぶなが》が手《て》をさしだします。

「おお……」

勝家《かついえ》は懐《ふところ》から百文《ひゃくもん》を取《と》りだして、信長《のぶなが》に手《て》わたしました。

「利家《としいえ》」

勝家《かついえ》から受《う》けとった百文《ひゃくもん》を、うしろにひかえる側近《そっきん》のかごへと放《ほう》りなげると、信長《のぶなが》は利《とし》家《いえ》にも手《て》をさしだします。

「それでは」

利家《としいえ》の百文《ひゃくもん》を受《う》けとり、それも機嫌《きげん》よく放《ほう》りなげると、信長《のぶなが》は勝家《かついえ》のぶあつい胸《むね》を拳《こぶし》でこづきました。

「はげめよ勝家《かついえ》」

まさか信長《のぶなが》自身《じしん》が家臣《かしん》から銭《ぜに》を受《う》けとっているなどとは思《おも》ってもみなかった勝家《かついえ》は、ぼうぜんと主《あるじ》を見《み》つめることしかできませんでした。

帰《かえ》り道《みち》、勝家《かついえ》は利家《としいえ》に語《かた》りかけます。

「あれは年賀《ねんが》の祝《いわ》い金《きん》というより、御幸《ぎょこう》の間《ま》を拝見《はいけん》するための礼金《れいきん》であったのではないか」

「某《それがし》もそう思《おも》いました」

「お主《ぬし》もそう思《おも》っておったか」

同意《どうい》の言葉《ことば》を聞《き》いた勝家《かついえ》は、それまで納得《なっとく》できないような表情《ひょうじょう》だったのが笑顔《えがお》になり、利家《としいえ》を見《み》て言《い》いました。

「信長様《のぶながさま》はまるで商人《しょうにん》のような真似《まね》をなされる」

たしかに信長《のぶなが》の行動《こうどう》は、いまでいうなら拝観料《はいかんりょう》を取《と》るようなものでした。

しかも、建《た》てた本人《ほんにん》みずからが料金所《りょうきんじょ》に立《た》って、ひとびとからお金《かね》を受《う》けとっていたのです。家臣《かしん》である勝家《かついえ》があきれるのも無理《むり》はありません。

「ふっ……。あっはははははっ！」

とつぜん勝家《かついえ》が空《そら》を見《み》あげて笑《わら》いだしました。

利家《としいえ》はおどろいたように見《み》ています。

ひとしきり笑《わら》った勝家《かついえ》が、利家《としいえ》に顔《かお》を向《む》けます。

「信長様《のぶながさま》のああいうところに我《われ》らは魅《ひ》かれ、そしてここまで来《き》たのじゃ。あれこそが信長《のぶなが》様《さま》よ。あれでよい……。あれでよいのじゃ」

「はい」

利家《としいえ》も笑顔《えがお》でうなずき、二人《ふたり》はすがすがしい気持《きも》ちで、自分《じぶん》たちの屋敷《やしき》へともどってゆきました。


天下《てんか》の城《しろ》として築《きず》かれた安土城《あづちじょう》でしたが、終《お》わりはとつぜんやってきました。

天正《てんしょう》十（一五八二）年《ねん》六月《がつ》二日《ふつか》、京《きょう》の本能寺《ほんのうじ》で、信長《のぶなが》は家臣《かしん》である明智光秀《あけちみつひで》によって殺《ころ》されました。

有名《ゆうめい》な本能寺《ほんのうじ》の変《へん》です。

その報《ほう》を聞《き》いた安土城《あづちじょう》のひとびとは、つぎの日《ひ》には城《しろ》をすてて逃《に》げることを決《き》めました。

そして、木村高重《きむらたかしげ》という家臣《かしん》に城《しろ》をまかせると、女性《じょせい》や子《こ》どもたちをはじめとしていっせいに城《しろ》から退去《たいきょ》したのです。

それから間《ま》もなく、安土城《あづちじょう》は焼《や》け落《お》ちてしまいました。誰《だれ》に燃《も》やされたのか、どうして焼《や》け落《お》ちたのか、いまだにわかっていません。

天守《てんしゅ》が完成《かんせい》したのは天正《てんしょう》七（一五七九）年《ねん》、焼《や》け落《お》ちたのが天正《てんしょう》十年《ねん》のこと。

安土城《あづちじょう》が健在《けんざい》だったのは、三年《ねん》というあまりにも短《みじか》い期間《きかん》でした。焼《や》け落《お》ちた城《しろ》はいまも再建《さいけん》されず、石垣《いしがき》や石段《いしだん》だけが残《のこ》っています。

草《ぞう》履《り》取《と》りから天《てん》下《か》人《びと》へ！　戦《せん》国《ごく》いちの大《だい》出《しゅっ》世《せ》。

豊《とよ》臣《とみ》秀《ひで》吉《よし》と大《おお》坂《さか》城《じょう》

いまでも大阪《おおさか》の町《まち》のシンボルとして建《た》つ大阪城《おおさかじょう》ですが、最初《さいしょ》にあの城《しろ》をつくったのは誰《だれ》でしょう？

歴史《れきし》の教科書《きょうかしょ》にも必《かなら》ずのっているから、多《おお》くの人《ひと》が知《し》っているはずです。

そう豊臣秀吉《とよとみひでよし》！

彼《かれ》は百年《ひゃくねん》以上《いじょう》もつづいた戦乱《せんらん》の世《よ》を統一《とういつ》し、戦《いくさ》のない世《よ》の中《なか》を実現《じつげん》した英雄《えいゆう》です。

しかも秀吉《ひでよし》は、生《う》まれた時《とき》から大名《だいみょう》だったのではなく、侍《さむらい》ですらなかったのでした。

百姓《ひゃくしょう》の子《こ》として生《う》まれた秀吉《ひでよし》は、当時《とうじ》帝《みかど》のつぎにえらい関白《かんぱく》という地位《ちい》にまでのぼりつめます。

そんな彼《かれ》が天下《てんか》を治《おさ》めるための拠点《きょてん》として建《た》てたのが、大坂城《おおさかじょう》なのでした。

はたして彼《かれ》は、どうやって天下《てんか》を統一《とういつ》し、なぜ大坂《おおさか》の地《ち》をえらんだのか。

そして大坂城《おおさかじょう》にはどんなものがあり、どんな人《ひと》が住《す》んでいたのか。

これから見《み》てゆきましょう。

戦国乱世《せんごくらんせ》が終《お》わる！

明智光秀《あけちみつひで》によって織田信長《おだのぶなが》が殺《ころ》された時《とき》、秀吉《ひでよし》は、中国地方《ちゅうごくちほう》の毛利家《もうりけ》との戦《いくさ》のまっ最中《さいちゅう》でした。

「の、信長様《のぶながさま》が死《し》んだじゃと？」

本能寺《ほんのうじ》の変《へん》を伝《つた》えるために毛利《もうり》へと向《む》かっていた密使《みっし》をとらえ、もっていた手紙《てがみ》を読《よ》んだ秀吉《ひでよし》は、あまりのことに大泣《おおな》きしました。

「嘘《うそ》じゃ。あの信長様《のぶながさま》が光秀《みつひで》などに討《う》たれるわけがない」

そう言《い》って泣《な》きじゃくる秀吉《ひでよし》の肩《かた》を強《つよ》くつかむ男《おとこ》がいます。

彼《かれ》の軍師《ぐんし》、黒田官兵衛《くろだかんべえ》でした。

「秀吉様《ひでよしさま》の運《うん》が開《ひら》けたのですぞっ！　ここで光秀《みつひで》に勝《か》てば、あなたは信長様《のぶながさま》の仇《かたき》を討《う》ったという、なにものにもかえがたい功《こう》をえることになるのです。こんなところで泣《な》いている場合《ばあい》ではありませぬぞっ！」

官兵衛《かんべえ》の言葉《ことば》で秀吉《ひでよし》は目《め》ざめます。

すばやく毛利《もうり》との和議《わぎ》を結《むす》び、その時《とき》ひきいていた兵《へい》といっしょに、光秀《みつひで》のいる京《きょう》へと向《む》かったのでした。ちなみに〝和議《わぎ》〟というのは、戦《いくさ》をしていた者《もの》どうしが仲《なか》なおりをするという意味《いみ》です。（この時《とき》の戦《いくさ》のことは『戦国城《せんごくじょう》　武将《ぶしょう》たちと熱《あつ》き戦《たたか》い編《へん》』の〝備中高松城《びっちゅうたかまつじょう》と秀吉《ひでよし》〟で詳《くわ》しく書《か》いています）

秀吉《ひでよし》と光秀《みつひで》は、京《きょう》の南《みなみ》、山崎《やまざき》の地《ち》で激突《げきとつ》することになりました。

天王山《てんのうざん》に布陣《ふじん》した秀吉軍《ひでよしぐん》は、みごと光秀《みつひで》に勝利《しょうり》。光秀《みつひで》は逃亡《とうぼう》のさいちゅう、落《お》ち武者狩《むしゃが》りをしていた百姓《ひゃくしょう》に刺《さ》されて殺《ころ》されます。

この戦《いくさ》では、天王山《てんのうざん》に陣《じん》を置《お》くことが勝負《しょうぶ》の分《わ》かれ目《め》だったという説《せつ》があります。そのため、いまでもスポーツの大会《たいかい》などで、優勝《ゆうしょう》を左右《さゆう》するような大事《だいじ》な試合《しあい》のことを〝天王山《てんのうざん》〟と呼《よ》ぶことがあります。

光秀《みつひで》を倒《たお》した秀吉《ひでよし》は、織田家《おだけ》の後継者《こうけいしゃ》を決《き》めるための会議《かいぎ》に出席《しゅっせき》しました。

この会議《かいぎ》は清洲城《きよすじょう》で行《おこな》われました。いわゆる〝清洲会議《きよすかいぎ》〟です。

出席《しゅっせき》したのは四人《にん》。柴田勝家《しばたかついえ》、丹羽長秀《にわながひで》、池田恒興《いけだつねおき》、そして秀吉《ひでよし》。いずれも織田家《おだけ》の重《じゅう》臣《しん》たちです。

重臣《じゅうしん》たちのうち三人《にん》は最初《さいしょ》、信長《のぶなが》の次男《じなん》の信雄《のぶかつ》と三男《なん》の信孝《のぶたか》のいずれかを後継者《こうけいしゃ》にしようとしていました。

しかし秀吉《ひでよし》一人《ひとり》だけがちがう人物《じんぶつ》を推《お》したのです。それは信長《のぶなが》の長男《ちょうなん》、信忠《のぶただ》の子《こ》どもで、わずか三歳《さい》の三法師《さんぼうし》でした。信忠《のぶただ》は本能寺《ほんのうじ》の変《へん》で信長《のぶなが》とともに死《し》んでいます。

「信長様《のぶながさま》は、本能寺《ほんのうじ》の変《へん》の時《とき》にはすでに、嫡男《ちゃくなん》である信忠様《のぶただざま》に当主《とうしゅ》の地位《ちい》をゆずっておいででした。その嫡子《ちゃくし》である三法師様《さんぼうしさま》が織田家《おだけ》をお継《つ》ぎになられるのは、とうぜんのことであると某《それがし》は思《おも》いまする」

道理《どうり》のとおった秀吉《ひでよし》の発言《はつげん》に、出席者《しゅっせきしゃ》で

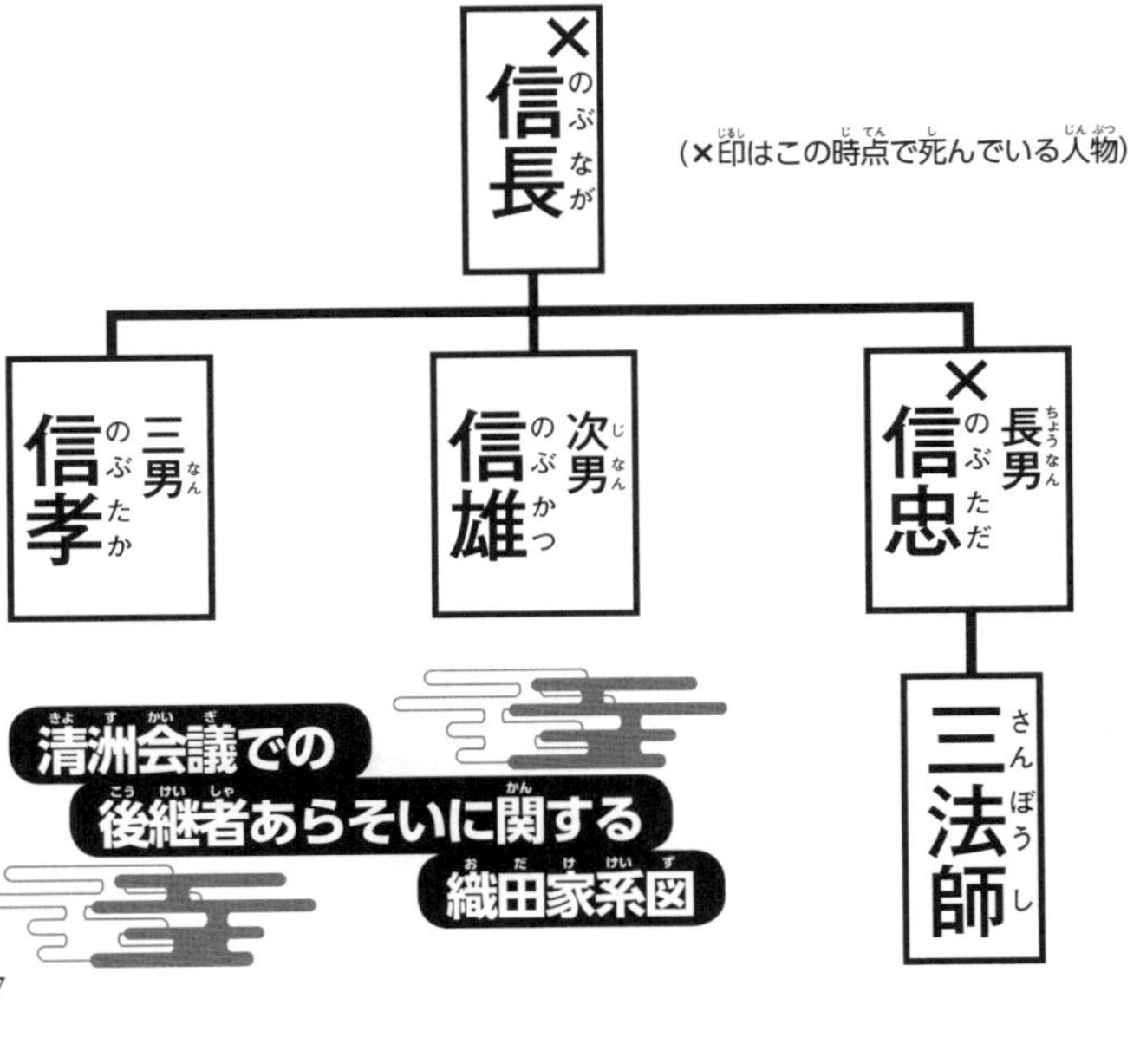

清洲会議《きよすかいぎ》での後継者《こうけいしゃ》あらそいに関《かん》する織田家系図《おだけけいず》

あった柴田勝家《しばたかついえ》や丹羽長秀《にわながひで》たちもだまるしかありませんでした。
信長《のぶなが》の仇《かたき》を討《う》ったという功績《こうせき》も影響《えいきょう》し、秀吉《ひでよし》の意見《いけん》が採用《さいよう》されます。
こうして、織田家《おだけ》の当主《とうしゅ》は三法師《さんぼうし》に決《き》まりました。
おもしろくないのは、最初《さいしょ》に後継者候補《こうけいしゃこうほ》にあげられていた二人《ふたり》の信長《のぶなが》の息子《むすこ》たちです。
まずは三男《なん》の信孝《のぶたか》が、織田家《おだけ》の重臣《じゅうしん》、柴田勝《しばたかつ》家《いえ》とともに秀吉《ひでよし》と戦《たたか》いました。
本能寺《ほんのうじ》の変《へん》の翌年《よくとし》、秀吉《ひでよし》と勝家《かついえ》は激突《げきとつ》します。
賤ケ岳《しずがたけ》の戦《たたか》いと呼《よ》ばれる戦《たたか》いです。
この戦《いくさ》においては、誰《だれ》よりもはげしく戦《たたか》う七人《にん》の侍《さむらい》がいました。

「親父様《おやじさま》のために俺《おれ》たちががんばらんでどうするかっ！」

叫《さけ》びながら縦横無尽《じゅうおうむじん》に槍《やり》をふるい、敵《てき》をばったばったとなぎたおすのは、加藤清正《かとうきよまさ》です。

「そうじゃっ！　儂《わし》らこそが親父様《おやじさま》の槍《やり》じゃっ！」

清正《きよまさ》に負《ま》けずおとらずの戦《たたか》いをしているのは、福島正則《ふくしままさのり》という侍《さむらい》でした。

秀吉《ひでよし》を〝親父《おやじ》〟と呼《よ》ぶ清正《きよまさ》と正則《まさのり》をはじめとした、七人《にん》の若者《わかもの》たちの活躍《かつやく》もあって、賤ヶ岳《しずがたけ》の戦《たたか》いは秀吉《ひでよし》の勝利《しょうり》に終《お》わりました。

清正《きよまさ》たちはそのはたらきを秀吉《ひでよし》にほめられ、〝賤ヶ岳《しずがたけ》の七本槍《しちほんやり》〟と呼《よ》ばれるようになります。

この戦《たたか》いで、信孝《のぶたか》は敗《やぶ》れました。

残《のこ》ったのは次男《じなん》の信雄《のぶかつ》です。

彼《かれ》がたよったのは、三河《みかわ》の徳川家康《とくがわいえやす》でした。

信長《のぶなが》の同盟者《どうめいしゃ》として強大《きょうだい》な力《ちから》をもつ家康《いえやす》は、秀吉《ひでよし》の最大《さいだい》のライバルです。

「あの狸《たぬき》に勝《か》たねば、天下《てんか》は取《と》れぬ……」

天下統一《てんかとういつ》に向《む》けての障害《しょうがい》である家康《いえやす》との戦《たたか》いは、避《さ》けては通《とお》れません。

ついに、両軍《りょうぐん》は尾張《おわり》の地《ち》で激突《げきとつ》します。

小牧《こまき》・長久手《ながくて》の戦《たたか》いです。

秀吉《ひでよし》は十万《まん》ともいわれる大軍《たいぐん》で、尾張《おわり》へ兵《へい》をすすめました。

むかえうつ家康《いえやす》と信雄《のぶかつ》の兵《へい》は、合《あ》わせても一万《まん》六千《せん》ほど。とても相手《あいて》になる数《かず》ではありません。

家康《いえやす》は小牧山《こまきやま》にこもりました。秀吉《ひでよし》は大軍《たいぐん》をもってこれを取《と》りかこみます。

いっきに攻《せ》めてしまえばいいところですが、秀吉《ひでよし》は城《しろ》をかこんで動《うご》こうとしません。

「あの狸《たぬき》のことだ。なにを考《かんが》えておるかわからん」

家康《いえやす》は歴戦《れきせん》の勇士《ゆうし》です。甲斐《かい》の武田信玄《たけだしんげん》や関東《かんとう》の北条家《ほうじょうけ》との数《かぞ》えきれない死闘《しとう》をくりひろげてきました。

城《しろ》を出《で》て戦《たたか》う〝野戦《やせん》〟では敵《てき》なしといわれています。

そんな戦上手《いくさじょうず》の家康《いえやす》を、秀吉《ひでよし》は警戒《けいかい》したのでした。

長《なが》いにらみあいがつづくなか、状況《じょうきょう》が動《うご》いたのは一人《ひとり》の男《おとこ》の言葉《ことば》からです。

「長期間《ちょうきかん》、小牧山《こまきやま》に兵《へい》をつめておるのですから、家康《いえやす》の本国《ほんごく》である三河《みかわ》は、いま手薄《てうす》になっておるはず。我《われ》らの兵《へい》で三河《みかわ》を攻《せ》めさせていただけませぬか」

秀吉《ひでよし》に頼《たの》むのは、池田恒興《いけだつねおき》。清洲会議《きよすかいぎ》の出席者《しゅっせきしゃ》の一人《ひとり》です。

なやんだすえに秀吉《ひでよし》は、恒興《つねおき》の策《さく》をみとめます。そして、恒興《つねおき》たちに二万《まん》の兵《へい》をあずけ、三河《みかわ》を攻《せ》めさせるために兵《へい》を動《うご》かしました。

しかし家康《いえやす》は、これを待《ま》っていたのです。

「猿《さる》めが動《うご》いたわ」

恒興《つねおき》たちの背後《はいご》をおそうため、兵《へい》を城《しろ》からだします。そしてその後《あと》を家康《いえやす》自身《じしん》も追《お》いました。

恒興《つねおき》たちは背後《はいご》を突《つ》かれて敗走《はいそう》。長久手《ながくて》までのがれたところを家康《いえやす》の兵《へい》におそいかかられ、ついに攻《せ》め滅《ほろ》ぼされてしまいます。

勝敗《しょうはい》の軍配《ぐんばい》は家康《いえやす》にあがりました。

この戦《いくさ》を終《お》えた秀吉《ひでよし》は、家康《いえやす》と争《あらそ》うのは得策《とくさく》ではないと考《かんが》えます。

戦《いくさ》を避《さ》ける策《さく》として、秀吉《ひでよし》は、帝《みかど》を頂点《ちょうてん》とする階級《かいきゅう》に目《め》をつけました。貴族《きぞく》たちに近《ちか》づいた秀吉《ひでよし》は、この階級《かいきゅう》のなかでどんどん位《くらい》を上《あ》げてゆきます。

そして、ついに位《くらい》の頂点《ちょうてん》である関白《かんぱく》へとのぼりつめたのでした。

秀吉《ひでよし》は、帝《みかど》につぐ立場《たちば》の人物《じんぶつ》になったのです。こうなると、どれだけ戦上手《いくさじょうず》な家康《いえやす》であろうと逆《さか》らえません。

「これからは関白様《かんぱくさま》の家臣《かしん》とお思《おも》いくだされ」

家康《いえやす》は、ついに秀吉《ひでよし》へと頭《あたま》をさげたのです。

関白《かんぱく》となった秀吉《ひでよし》は、全国《ぜんこく》の大名《だいみょう》たちに対《たい》し、ひとつの命令《めいれい》をだしました。

惣無事令《そうぶじれい》と呼《よ》ばれるものです。

「これからは諸国《しょこく》の大名《だいみょう》は領地《りょうち》を広《ひろ》げるために勝手《かって》に戦《いくさ》をすることは許《ゆる》さん！　もしこの命令《めいれい》をやぶるならば、儂《わし》みずからが兵《へい》をひきいて攻《せ》める！」

秀吉《ひでよし》は全国《ぜんこく》の大名《だいみょう》たちに、そう言《い》ったのです。

これにさからった大名《だいみょう》が九州《きゅうしゅう》にいました。

薩摩《さつま》（いまの鹿児島県西部《かごしまけんせいぶ》あたり）の島津《しまづ》です。

「関白《かんぱく》だなどと言《い》っておるが、そうはいっても百姓《ひゃくしょう》の生《う》まれではないか。儂《わし》らは昔《むかし》から薩《さつ》摩《ま》を治《おさ》めておる由緒《ゆいしょ》ただしい家柄《いえがら》だぞ」

そう言《い》って戦《いくさ》をやめない島津《しまづ》を、秀吉《ひでよし》は命令《めいれい》どおり攻《せ》めました。

あまりの大軍《たいぐん》に島津《しまづ》は屈服《くっぷく》し、九州《きゅうしゅう》も秀吉《ひでよし》の力《ちから》で平定《へいてい》されたのです。

そしてさいごに残《のこ》ったのが、関東《かんとう》の北条家《ほうじょうけ》でした。

北条家《ほうじょうけ》は、大《おお》きな町《まち》をかこいこんだ巨大《きょだい》な城郭《じょうかく》をきずき、秀吉《ひでよし》に対抗《たいこう》します。

秀吉《ひでよし》は二十万《まん》以上《いじょう》ともいわれる兵《へい》で、この城《しろ》をぐるりと取《と》りかこんで何《なん》カ月《げつ》もの間《あいだ》、まったく戦《たたか》おうとしませんでした。

全国《ぜんこく》の大名《だいみょう》たちをしたがえる秀吉《ひでよし》には、二十万《まん》の兵《へい》を食《た》べさせるだけの力《ちから》があります。

難攻不落《なんこうふらく》といわれた北条家《ほうじょうけ》の小田原城《おだわらじょう》を、力《ちから》で攻《せ》める必要《ひつよう》はまったくなかったのです。

「このまま何年《なんねん》でも取《と》りかこんでやる」

そう豪語《ごうご》する秀吉《ひでよし》を前《まえ》に、ついに北条家《ほうじょうけ》は負《ま》けをみとめたのでした。（『戦国城《せんごくじょう》　武将《ぶしょう》たちと熱《あつ》き戦《たたか》い　編《へん》』の〝小田原城《おだわらじょう》と北条家《ほうじょうけ》〟でこの時《とき》のことを詳《くわ》しく書《か》いています）

こうして秀吉《ひでよし》にさからう者《もの》は、誰《だれ》もいなくなったのです。

天下《てんか》は秀吉《ひでよし》のもとに統一《とういつ》されました。

俺《おれ》の居城《きょじょう》は大坂城《おおさかじょう》だ！

秀吉《ひでよし》は高《たか》い石垣《いしがき》の上《うえ》に立《た》ち、満面《まんめん》の笑《え》みを浮《う》かべました。天下人《てんかびと》となる二年《ねん》ほど前《まえ》、本能寺《ほんのうじ》の変《へん》から一年《ねん》あまりたった頃《ころ》のことです。眼下《がんか》では、ふんどし一枚《まい》の男《おとこ》たちがいっしょうけんめいはたらいています。

「ここから俺《おれ》は、天下《てんか》を治《おさ》めるっ！」

秀吉《ひでよし》の目《め》にうっすらと涙《なみだ》がにじみました。いまの言葉《ことば》を叫《さけ》んだ時《とき》、脳裏《のうり》に信長《のぶなが》の姿《すがた》がよみがえったからでした。

安土城《あづちじょう》を築《きず》いた時《とき》、信長《のぶなが》は、天守《てんしゅ》の最上階《さいじょうかい》に秀吉《ひでよし》をまねき、ここから天下《てんか》を治《おさ》めると言《い》いました。

それを思《おも》い出《だ》したのです。

「信長様《のぶながさま》……。俺《おれ》はやります」

そう言《い》う秀吉《ひでよし》のうしろには、青年《せいねん》が立《た》っています。

彼《かれ》の名前《なまえ》は石田三成《いしだみつなり》。

三成《みつなり》はかつて、寺《てら》の小僧《こぞう》だったといわれており、それにまつわる有名《ゆうめい》な逸話《いつわ》が伝《つた》えられています。

何年《なんねん》も前《まえ》のこと、鷹狩《たかが》りの帰《かえ》り道《みち》、喉《のど》がかわいた秀吉《ひでよし》は、まだ小僧《こぞう》だった三成《みつなり》がいた寺《てら》によりました。

この時《とき》お茶《ちゃ》を用意《ようい》した三成《みつなり》は、最初《さいしょ》にわざとぬるいお茶《ちゃ》をだします。おかわりを求《もと》めた秀吉《ひでよし》に、こんどは一杯目《いっぱいめ》よりもすこしだけ熱《あつ》いお茶《ちゃ》をだし、三杯目《ばいめ》はさらに熱《あつ》いお茶《ちゃ》をだしました。

なぜ熱《あつ》さのちがうお茶《ちゃ》をだしたのかと聞《き》いた秀吉《ひでよし》に、少年《しょうねん》だった三成《みつなり》はこたえます。

「喉《のど》がかわいておられると思《おも》ったので、一杯目《いっぱいめ》はぬるめのお茶《ちゃ》を一気《いっき》に飲《の》んでいただきました。そして二杯目《はいめ》はゆっくりと飲《の》んでいただくため、すこし熱《あつ》めに。三杯目《ばいめ》は味《あじ》を楽《たの》しんでいただくために、熱《あつ》いお茶《ちゃ》をおだししました」

このこたえに感心《かんしん》した秀吉《ひでよし》は、寺《てら》の僧《そう》にたのんで三成《みつなり》をもらいうけ、それからずっと、自分《じぶん》の子《こ》どものように育《そだ》てています。

青年《せいねん》になった彼《かれ》は、いまでは豊臣家《とよとみけ》の仕事《しごと》を手伝《てつだ》うようになっていました。

「やるぞ三成《みつなり》」

秀吉《ひでよし》のつぶやきを聞《き》いた三成《みつなり》は、目《め》をつむってうなずきました。

大坂城《おおさかじょう》が建《た》てられる以前《いぜん》、この地《ち》には一向衆《いっこうしゅう》というひとびとがいました。彼《かれ》らは仏教《ぶっきょう》の一向宗《いっこうしゅう》という宗派《しゅうは》の宗徒《しゅうと》で、仏《ほとけ》の教《おし》えを信《しん》じ、武力《ぶりょく》による支配《しはい》を達成《たっせい》しようとする信長《のぶなが》にさからったのです。

信長《のぶなが》と一向宗《いっこうしゅう》の戦《たたか》いは十年《ねん》というながい間《あいだ》つづきました。しかし信長《のぶなが》の力《ちから》の前《まえ》についには力《ちから》つき、この地《ち》を後《あと》にすることを条件《じょうけん》に和解《わかい》したのです。

汗《あせ》をながしてはたらく男《おとこ》たちを見《み》ながら、秀吉《ひでよし》が三成《みつなり》に語《かた》りかけます。

「琵琶湖《びわこ》から流《なが》れる川《かわ》は京《きょう》を経《へ》て、この地《ち》から瀬戸内《せとうち》へとそそぐ。いわばここは瀬戸内《せとうち》から入《はい》る物資《ぶっし》の京《きょう》への玄関《げんかん》じゃ。西《にし》から京《きょう》へと向《む》かう食《く》い物《もの》や銭《ぜに》だけではなく、すべての品《しな》物《もの》がここを通《とお》らねばならん」

そこで秀吉《ひでよし》は、両腕《りょううで》を大《おお》きく広《ひろ》げました。生《い》きていたころの信長《のぶなが》がしたようにです。

「俺《おれ》はこの地《ち》に、諸国《しょこく》の大名《だいみょう》たちの屋敷《やしき》を築《きず》かせる。その家臣《かしん》たちの家《いえ》もじゃ。そうなれば、侍《さむらい》たちをめあてに商人《しょうにん》たちがつどう。家《いえ》を建《た》てるための大工《だいく》たちもじゃ。金《かね》が生《う》まれれば民《たみ》もよってくる。大坂《おおさか》は京《きょう》よりも大《おお》きな町《まち》となろう」

三成《みつなり》が、たのもしい主《あるじ》の姿《すがた》を見《み》て、満足《まんぞく》そうにうなずいています。

「ここが天下一《てんかいち》の町《まち》となるのじゃ」

希望《きぼう》に満《み》ちた声《こえ》で、秀吉《ひでよし》はたからかに宣言《せんげん》しました。

大坂城《おおさかじょう》の本丸《ほんまる》が完成《かんせい》したのは、築城《ちくじょう》を命《めい》じてから二年《ねん》後《ご》のことでした。

「見《み》ろ三成《みつなり》」

できたばかりの本丸《ほんまる》を一望《いちぼう》できる場所《ばしょ》で、秀吉《ひでよし》は胸《むね》を張《は》っています。

「みごとでありますな」

「そうであろう」

秀吉《ひでよし》はにんまりとしながら、三成《みつなり》を見《み》ました。

五層《そう》七階《かい》の天守《てんしゅ》の壁《かべ》はすべて黒《くろ》く、屋根《やね》の瓦《かわら》の漆黒《しっこく》もあいまって、じつに重厚《じゅうこう》な印象《いんしょう》を与《あた》えます。

「各所《かくしょ》の金《きん》がじつに映《は》えますな」

本丸《ほんまる》を見《み》あげる三成《みつなり》が言《い》います。

そのとおり、黒一色《くろいっしょく》の城《しろ》をいろどるように、細工《さいく》はすべて金《きん》でほどこされていました。

最上階《さいじょうかい》の屋根《やね》にあるしゃちほこも金《きん》です。

黒《くろ》と金《きん》の二色《しょく》で構成《こうせい》された城《しろ》は、上品《じょうひん》なきらびやかさがありました。

「こちらもおみごとにござる」

三成《みつなり》がふりかえります。

視線《しせん》のさきにあるのは、本丸《ほんまる》を取《と》りかこむ廓《くるわ》のかずかずでした。

城《しろ》の北《きた》を流《なが》れる天満川《てんまがわ》の水《みず》をひきこんだ堀《ほり》が二の丸《まる》をかこみ、その水《みず》がそのまま本丸《ほんまる》の堀《ほり》までそそぎこんでいます。

「これからもっと大《おお》きゅうするつもりじゃ」

秀吉《ひでよし》が右手《みぎて》をかかげて、二の丸《まる》のさきのほうを指《ゆび》さします。

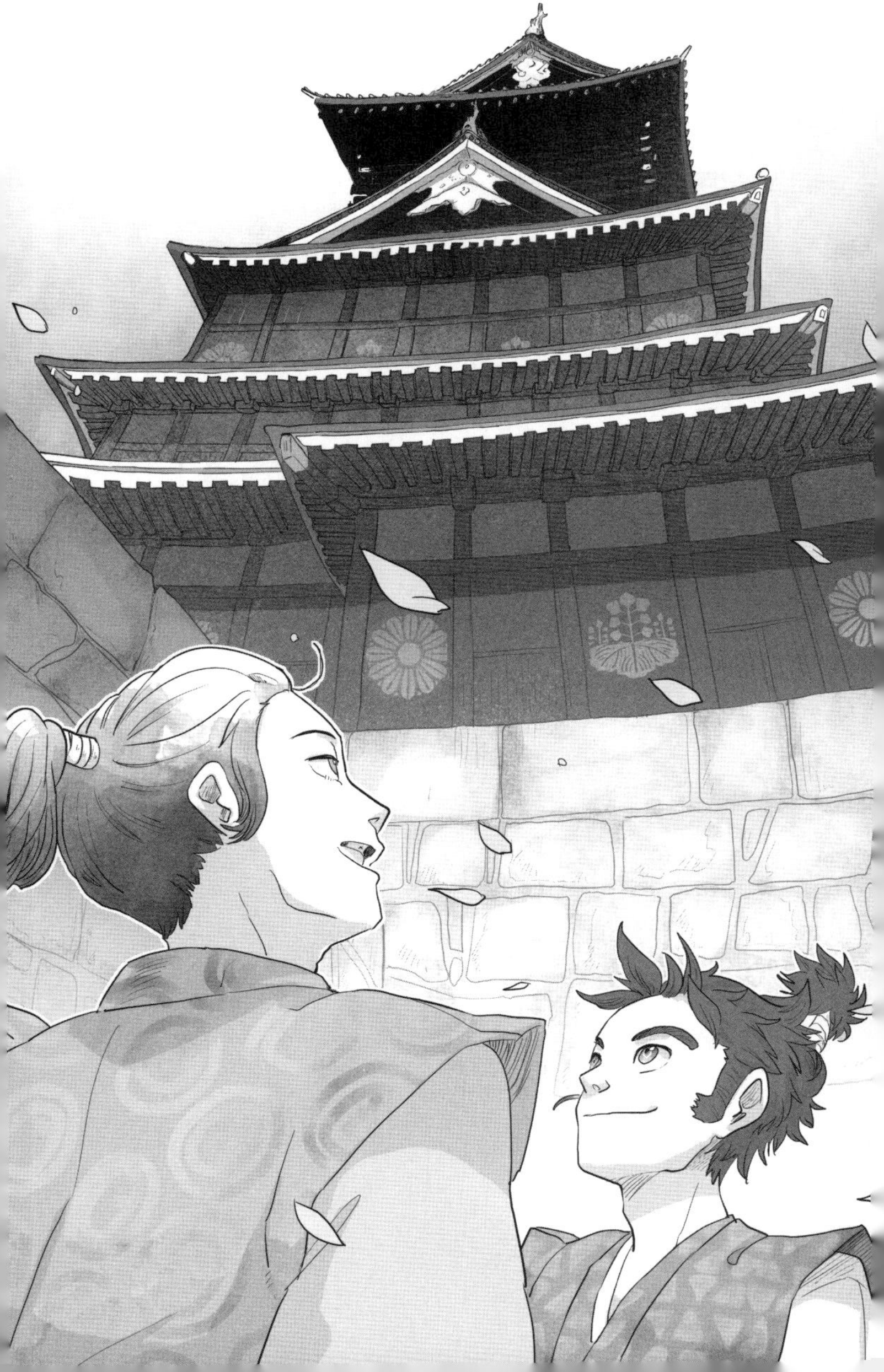

秀吉時代《ひでよしじだい》の大坂城《おおさかじょう》と周辺地形《しゅうへんちけい》

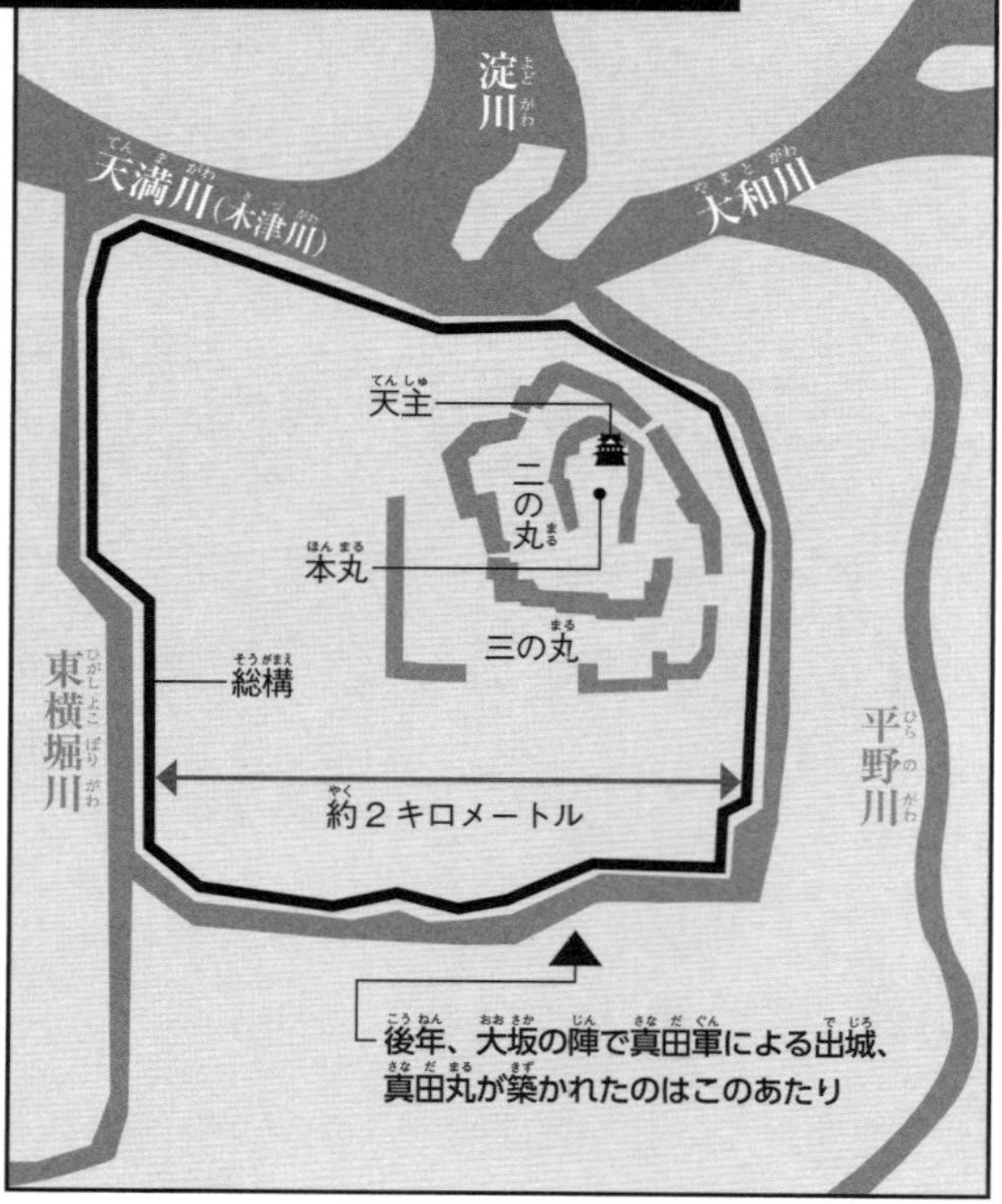

※総構《そうがまえ》まで完成《かんせい》したのは秀吉《ひでよし》の晩年近《ばんねんちか》くといわれています。
※秀吉《ひでよし》が築《きず》いた大坂城《おおさかじょう》は、大坂夏《おおさかなつ》の陣《じん》（1615年《ねん》）で焼失《しょうしつ》。その後徳川幕府《ごとくがわばくふ》によって埋《う》められ、その上《うえ》にまったく別《べつ》の城《しろ》が建《た》てられました。そのため城《しろ》の構造《こうぞう》や天守閣《てんしゅかく》の位置《いち》なども秀吉時代《ひでよしじだい》とは異《こと》なります。なお現在《げんざい》の天守閣《てんしゅかく》は昭和時代《しょうわじだい》に建《た》てなおされたものです。
※秀吉時代《ひでよしじだい》の大坂城《おおさかじょう》は、当時《とうじ》をしのべる遺構《いこう》は地下深《ちかふか》くに眠《ねむ》っているといわれ、資料《しりょう》も本丸《ほんまる》など一部《いちぶ》しか残《のこ》っておらず、上《うえ》の図版《ずはん》も推測箇所《すいそくかしょ》が多《おお》いことをお断《ことわ》りします。

「このまま三の丸《まる》まで広《ひろ》げ、そのそとには総構《そうがまえ》じゃ」

総構《そうがまえ》とは、町《まち》をまるごと城《しろ》のなかにきずくという形《かたち》の城郭《じょうかく》のことをいいました。秀吉《ひでよし》の大軍《たいぐん》に攻《せ》められた北条家《ほうじょうけ》の小田原城《おだわらじょう》が、総構《そうがまえ》の城《しろ》の代表例《だいひょうれい》です。

「この総構《そうがまえ》のなかに侍《さむらい》も民《たみ》もすべて住《す》まわせる」

「ここを天下一《てんかいち》の町《まち》にする。でしたな」

「そうじゃ」

すでに二の丸《まる》には多《おお》くの屋敷《やしき》が建《た》てられています。秀吉《ひでよし》の身内《みうち》や、重臣《じゅうしん》たちの家《いえ》もそこにはありました。

「お前《まえ》さまっ！」

二人《ふたり》の背後《はいご》で声《こえ》が聞《き》こえました。

ふりかえった秀吉《ひでよし》の目《め》がとらえたのは、手足《てあし》を大《おお》きく広《ひろ》げながら勢《いきお》いをつけて自分《じぶん》に向《む》かってくる女《おんな》の人《ひと》の姿《すがた》です。

「おねっ」

彼女《かのじょ》の名前《なまえ》を呼《よ》ぶのと、飛《と》びつかれるのが同時《どうじ》でした。

そのまま女《おんな》の人《ひと》ごと、秀吉《ひでよし》は尻《しり》もちをついてしまいました。

「いたぁ……」

尻《しり》もちをついた秀吉《ひでよし》の目《め》の前《まえ》に、おねの厳《きび》しい顔《かお》がありました。

おねは秀吉《ひでよし》の奥《おく》さんです。どうやら、怒《おこ》っているようです。

「な、なんだ？　なにかあったのか？」

「お前《まえ》さま！　心《こころ》あたりはないのですか？」

眉間《みけん》にしわをよせたまま、おねが秀吉《ひでよし》に聞《き》きます。

「……な、ない……」

すこしとまどいながら、秀吉《ひでよし》がこたえると、秀吉《ひでよし》の上《うえ》に乗《の》っていたおねは立《た》ちあがりました。

「いたた……」

秀吉《ひでよし》も尻《しり》についた泥《どろ》をたたき落《お》としながら、ゆっくりと立《た》ちあがります。

「お前《まえ》さまはここでなにをしておられるのですか？」

なおもにらみつけながら、おねが問《と》います。

その視線《しせん》を避《さ》け、秀吉《ひでよし》はとぼけるように空《そら》を見《み》あげましたが、すると、

「あんたがついているのに、なにしてんの！」

今度《こんど》はおねの怒《いか》りの矛先《ほこさき》が三成《みつなり》へと向《む》きます。

まるで子《こ》どもをしかるような口調《くちょう》のおね。

秀吉《ひでよし》にあずけられてから、我《わ》が子《こ》同然《どうぜん》に育《そだ》ててくれたおねに怒《おこ》られ、さすがの三成《みつなり》も小《ちい》さくなりました。

「お前《まえ》さまっ。大事《だいじ》な話《はなし》があるからって、みなが朝《あさ》から城《しろ》にあつまってるんですよ。知《し》ってるくせに、こっそりぬけだすなんて」

秀吉《ひでよし》も三成《みつなり》もお互《たが》いをちらちら見《み》ながらしょんぼり顔《がお》です。

「兄上《あにうえ》がいない兄上《あにうえ》がいないって、秀長《ひでなが》さんが城内《じょうない》を走《はし》りまわってるんですよっ。私《わたし》のところにも聞《き》きにきたから、いっしょにさがそ

うって、手《て》わけして走《はし》りまわってたんですから。あぁ、つかれた」

おねがおおきな息《いき》をひとつ吐《は》きました。

秀長《ひでなが》というのは秀吉《ひでよし》の弟《おとうと》です。秀吉《ひでよし》が信長《のぶなが》につかえはじめたころから、ずっと兄《あに》のことをささえてくれている、秀吉《ひでよし》にとってもっとも信頼《しんらい》できる家臣《かしん》でした。

「あっ！　あんなところにおるっ！」

遠《とお》くから聞《き》きおぼえのある声《こえ》がしました。

「秀長《ひでなが》じゃ！」

しょんぼりしていた秀吉《ひでよし》が、急《きゅう》にあかるい声《こえ》になりました。

「なにをしておられるのです兄上《あにうえ》っ！」

汗《あせ》びっしょりになった秀長《ひでなが》が走《はし》ってきます。

「すまんすまん」

おねの横《よこ》をさりげなく抜《ぬ》けて、秀吉《ひでよし》は弟《おとうと》のほうへ近《ちか》づきます。

「みなが待《ま》っておりまするぞ」

「しかめ面《つら》にかこまれておると、息苦《いきぐる》しくなる。知《し》ってるだろ」

「わかっておりますが、これもまた兄上《あにうえ》のつとめにござりまする」

秀長《ひでなが》はおだやかにさとします。

「はあ……お主《ぬし》の申《もう》すとおりじゃな……」

秀吉《ひでよし》はふりかえって三成《みつなり》を見《み》ました。

「そろそろ行《い》くか」

「はい」

秀吉《ひでよし》がおねに手《て》をあげます。

「じゃあ、行《い》ってくるわ」

「がんばっておいで！」

秀吉《ひでよし》とおねは笑《わら》いながら手《て》をふりあいます。

「さぁ、二人《ふたり》とも行《い》くぞっ！」

秀吉《ひでよし》は真新《まあたら》しい大坂城《おおさかじょう》へ向《む》かって走《はし》りだしました。

まぶしい茶室《ちゃしつ》

「これはまた……。秀吉《ひでよし》さまらしいお部屋《へや》でございますな」

四方《しほう》を見《み》まわしながら、太《ふと》った男《おとこ》の人《ひと》が溜《た》め息《いき》をついています。

「そうであろう」

うれしそうに秀吉《ひでよし》はこたえました。

「このような茶室《ちゃしつ》は、これまで見《み》たことがありませぬ」

「この部屋《へや》には、とくに力《ちから》を入《い》れたのでな。しかもこれは容易《ようい》に解体《かいたい》もでき、城《しろ》の外《そと》にも運《はこ》んでどこでも組《く》み立《た》てて使《つか》えるのじゃ」

「移動《いどう》できるのでございますか！　それはまたみごとにござりまするな」

「家康殿《いえやすどの》にほめていただけて俺《おれ》もうれしい」

秀吉《ひでよし》が笑《わら》いました。

太《ふと》った男《おとこ》の人《ひと》は徳川家康《とくがわいえやす》です。信長《のぶなが》が死《し》んだ後《あと》、小牧《こまき》・長久手《ながくて》の戦《たたか》いで戦《たたか》った相手《あいて》も、いまでは家臣《かしん》として秀吉《ひでよし》につかえていました。

その領地《りょうち》は二百《ひゃく》五十万石《まんごく》。

豊臣家《とよとみけ》のなかでも一番《いちばん》の広《ひろ》さです。

「黄金《おうごん》につつまれた茶室《ちゃしつ》とは、考《かんが》えてもみませんでした」

家康《いえやす》は、畳《たたみ》四枚《まい》ほどのせまい部屋《へや》の壁《かべ》を、まじまじと見《み》つめています。

ここは茶室《ちゃしつ》と呼《よ》ばれる場所《ばしょ》で、抹茶《まっちゃ》をたてて飲《の》むところでした。その茶室《ちゃしつ》の壁《かべ》や天井《てんじょう》がすべて金色《きんいろ》なのです。

「釜《かま》も道具《どうぐ》もすべて金《きん》じゃ」

秀吉《ひでよし》が言《い》うとおり、壁《かべ》や天井《てんじょう》だけではなく、お茶《ちゃ》をたてるための道具《どうぐ》も多《おお》くが本物《ほんもの》の金《きん》でつくられていました。部屋《へや》で金《きん》でないのは床《ゆか》の緋毛氈《ひもうせん》だけです。

「では利休《りきゅう》、頼《たの》む」

ぐつぐつと湯《ゆ》が煮《に》えたぎる釜《かま》の前《まえ》に座《すわ》る男《おとこ》に、秀吉《ひでよし》が声《こえ》をかけました。

彼《かれ》の名前《なまえ》は千利休《せんのりきゅう》。

秀吉《ひでよし》のお茶《ちゃ》の先生《せんせい》でした。

先生《せんせい》とはいえ、相手《あいて》は天下人《てんかびと》の秀吉《ひでよし》です。

利休《りきゅう》はしずかに頭《あたま》をさげて、秀吉《ひでよし》の言葉《ことば》にこたえると、茶釜《ちゃがま》から柄杓《ひしゃく》で湯《ゆ》を取《と》って茶碗《ちゃわん》のなかにそそぎました。

秀吉《ひでよし》と家康《いえやす》は、だまったまま利休《りきゅう》が茶《ちゃ》をたてるさまを見《み》つめています。金色《きんいろ》の茶室《ちゃしつ》のなかで、利休《りきゅう》の手《て》にした黒《くろ》い茶碗《ちゃわん》がひときわ鮮《あざ》やかに見《み》えました。

茶筅《ちゃせん》と呼《よ》ばれるお茶《ちゃ》をかきまぜる道具《どうぐ》で、利休《りきゅう》が抹茶《まっちゃ》に泡《あわ》をたててゆきます。ひとしきりかきまぜた後《あと》、しずかに秀吉《ひでよし》の前《まえ》にさしだしました。

「うむ」

秀吉《ひでよし》は両手《りょうて》で茶碗《ちゃわん》を取《と》ると、ゆっくりと口《くち》もとに運《はこ》びました。そして半分《はんぶん》ほど飲《の》んだところで、家康《いえやす》と自分《じぶん》の間《あいだ》に茶碗《ちゃわん》を置《お》きます。

ていねいにおじぎをして、家康《いえやす》が茶碗《ちゃわん》を取《と》って飲《の》みほします。

「うまい……」

茶碗《ちゃわん》を畳《たたみ》の上《うえ》に置《お》いて、家康《いえやす》がしみじみと言《い》いました。

家康《いえやす》の言葉《ことば》に満足《まんぞく》そうにうなずくと、秀吉《ひでよし》が利休《りきゅう》のほうへ目《め》を向《む》けます。

「やはりお主《ぬし》の茶《ちゃ》が一番《いちばん》うまい」

「ありがとうございます」

利休《りきゅう》が頭《あたま》だけをちいさくさげます。

「家康殿《いえやすどの》」

秀吉《ひでよし》に言《い》われて、家康《いえやす》がにこやかにうなずきます。

秀吉《ひでよし》はつづけました。

「こうして、そなたといっしょに茶《ちゃ》が飲《の》めて俺《おれ》はしあわせだ」

「私《わたし》もです」

「俺《おれ》たちは時《とき》には味方《みかた》、時《とき》には敵《てき》となり、ともに戦乱《せんらん》の世《よ》を生《い》きてきた」

「秀吉様《ひでよしさま》にはじめてお会《あ》いしたのは、桶狭間《おけはざま》のころのことでした」

桶狭間《おけはざま》で、信長《のぶなが》が今川義元《いまがわよしもと》をやぶったことによって、家康《いえやす》の運命《うんめい》は大《おお》きく動《うご》きだしました。それまで今川家《いまがわけ》の人質《ひとじち》だった家康《いえやす》は、これを機《き》に独立《どくりつ》。義元《よしもと》に取《と》られていたのも同然《どうぜん》だった三河《みかわ》の地《ち》を取《と》りもどし、一人前《いちにんまえ》の戦国武将《せんごくぶしょう》となったのです。

家康《いえやす》の言葉《ことば》を聞《き》いて、秀吉《ひでよし》がとおくを見《み》つめるように金色《きんいろ》の壁《かべ》に目《め》を向《む》けました。

「いや、あのころの俺《おれ》は、まだ足軽大将《あしがるたいしょう》にもなっておらぬ。そんな俺《おれ》のことを家康殿《いえやすどの》がおぼえておられるわけもない」

「いいえ、おぼえておりまする」

「まさか……」

信《しん》じられないといった表情《ひょうじょう》で、秀吉《ひでよし》が鼻《はな》で笑《わら》います。しかし家康《いえやす》はまじめな顔《かお》で、そんな秀吉《ひでよし》のことを見《み》ていました。

「今川《いまがわ》より三河《みかわ》を取《と》りもどした私《わたし》が、信長様《のぶながさま》と同盟《どうめい》を結《むす》ぶために清洲城下《きよすじょうか》をおとずれた時《とき》のことです」

「たしかにその時《とき》、俺《おれ》ははじめて家康殿《いえやすどの》を見《み》た。しかしそれは、城《しろ》へと向《む》かう馬上《ばじょう》の家康殿《いえやすどの》をむかえる足軽《あしがる》の一団《いちだん》のなかからのこと。そんな俺《おれ》

を家康殿《いえやすどの》がおぼえているはずは絶対《ぜったい》にない」

「私《わたし》をにらまれておられたでしょう？」

ほほえみながら家康《いえやす》に問《と》いかけられ、秀吉《ひでよし》は目《め》を見《み》ひらきました。

「なぜ、それを……」

「だから、おぼえておると申《もう》したではありませぬか」

利休《りきゅう》は茶釜《ちゃがま》に目《め》を落《お》としたまま、静《しず》かに座《すわ》っています。

「誰《だれ》もが顔《かお》をふせているなかで、一人《ひとり》だけわずかに頭《あたま》をあげて私《わたし》を見《み》ている者《もの》がいた。しかもすさまじい目《め》つきで、私《わたし》をにらんでいる」

「あの日《ひ》、清洲《きよす》の町《まち》は、城《しろ》までつづく道《みち》に人《ひと》がおおぜいあつまっておった。むかえる足軽《あしがる》たちも山《やま》ほどおった。俺一人《おれひとり》が見《み》ていてもわかるまいと思《おも》うておった。まさか家康殿《いえやすどの》が気《き》づいておるとは思《おも》わなんだ」

そう言《い》って、秀吉《ひでよし》は大声《おおごえ》で笑《わら》いました。

それをだまって見《み》ていた家康《いえやす》は、笑《わら》い声《ごえ》がやんでから言葉《ことば》をつづけます。

「私《わたし》と目《め》が合《あ》ったのはおぼえておられまするか」

「あぁ、はっきりとおぼえておる」

秀吉《ひでよし》はつぶらな目《め》をことさら大《おお》きくあけて、家康《いえやす》を見《み》ます。家康《いえやす》もふざけるように、ほほえみながら秀吉《ひでよし》を見《み》つめました。

「じつは私《わたし》もおぼえておりました。あの足軽《あしがる》はなにものじゃ。なんという目《め》つきで自分《じぶん》を見《み》ておるのじゃと思《おも》いました」

「無礼《ぶれい》な奴《やつ》じゃと思《おも》うたであろう」

秀吉《ひでよし》の問《と》いに、家康《いえやす》は頭《あたま》を左右《さゆう》にふりました。

「それが悪《わる》い気《き》はいたしませんでした。三河《みかわ》という土地《とち》に生《う》まれ、そこで育《そだ》った家臣《かしん》たちとともにあったせいであるやもしれませぬが、私《わたし》はいきのよい者《もの》が好《す》きなのでございます」

三河武士《みかわぶし》といえば、日本《にほん》でも有数《ゆうすう》の強《つよ》さをほこっていました。

「あの時《とき》の俺《おれ》はいきがよかったか？」

「それはもう、足軽《あしがる》にしておくのはもったいないほどに」

二人《ふたり》は同時《どうじ》に笑《わら》いました。

ひとしきり笑《わら》うと、家康《いえやす》がなつかしそうに語《かた》りはじめます。

「それから数年後《すうねんご》、信長様《のぶながさま》が美濃《みの》を攻略《こうりゃく》された時《とき》、ばつぐんのはたらきをされたお方《かた》のことを知《し》りました」

「俺《おれ》だ」

「はい」

信長《のぶなが》が美濃《みの》の斎藤家《さいとうけ》を滅《ほろ》ぼした時《とき》、秀吉《ひでよし》は墨俣《すのまた》という土地《とち》に城《しろ》を築《きず》きました。あまりにも短期間《たんきかん》で建《た》てたので〝墨俣《すのまた》の一夜城《いちやじょう》〟といわれたのです。墨俣《すのまた》という土地《とち》は、斎藤家《さいとうけ》の居城《きょじょう》である稲葉山城《いなばやまじょう》を攻《せ》めるために、どうしても城《しろ》を築《きず》かなければならない場所《ばしょ》でした。そのため、斎藤家《さいとうけ》も必死《ひっし》に築城《ちくじょう》を止《と》めようとします。織田家《おだけ》の家臣《かしん》の誰《だれ》もが失敗《しっぱい》するなか、秀吉《ひでよし》はみごとに城《しろ》を建《た》て、それが出世《しゅっせ》のきっかけとなったのでした。

「秀吉様《ひでよしさま》はみるみるうちに織田家《おだけ》の重臣《じゅうしん》にまでなられた。信長様《のぶながさま》にはじめて紹介《しょうかい》された時《とき》、私《わたし》はあの足軽《あしがる》だと気《き》づき、本当《ほんとう》にうれしかった」

「なぜじゃ」

「見《み》どころがあると思《おも》うた私《わたし》の目《め》にまちがいはなかったと、秀吉様《ひでよしさま》みずからが証明《しょうめい》してくださったからでござる」

すこしだけ家康《いえやす》が涙《なみだ》ぐんでいるようでした。それを見《み》て、秀吉《ひでよし》の目《め》も赤《あか》くなります。

家康《いえやす》は涙《なみだ》をこらえるように、黄金《おうごん》の天井《てんじょう》に視線《しせん》を向《む》けました。そして秀吉《ひでよし》へとおだやかに語《かた》りかけます。

「思《おも》えば清洲《きよす》ではじめてお会《あ》いしてから、ずいぶん長《なが》い時《とき》を生《い》きてまいりましたな」

「あのころは、まさかここまでのぼりつめるとは思《おも》うておらなんだ」

「まさか……」

家康《いえやす》はふたたび秀吉《ひでよし》を見《み》ました。

「私《わたし》をにらんだ秀吉様《ひでよしさま》の目《め》には、いずれ天下《てんか》をわが手《て》にするという気迫《きはく》が満《み》ちておりましたぞ」

「そうか？」

「ええ」

どちらからともなく手《て》をにぎりあいました。

「家康殿《いえやすどの》。俺《おれ》はそなたのことを親友《しんゆう》だと思《おも》っている」

「光栄《こうえい》にございます」

「これからも頼《たの》むぞ」

「はい」

かたりあう二人《ふたり》の頭《あたま》には白髪《しらが》がまじっています。本当《ほんとう》にながい間《あいだ》、二人《ふたり》は戦国《せんごく》の世《よ》を生《い》きてきたのです。

秀吉《ひでよし》は家康《いえやす》の手《て》をはなし、利休《りきゅう》のほうを見《み》ました。

「もう一杯《いっぱい》もらおう」

天下《てんか》を継《つ》ぐ子《こ》

「おいおい、待《ま》て。待《ま》たぬか、これっ」

満面《まんめん》に笑《え》みを浮《う》かべて秀吉《ひでよし》が追《お》いかけます。

目《め》の前《まえ》をよちよちと歩《ある》いているのは、二歳《さい》くらいの男《おとこ》の子《こ》です。きゃっきゃと声《こえ》をあげながら、秀吉《ひでよし》から逃《に》げていきました。

「おい拾《ひろい》。待《ま》たぬとつかまえてしまうぞ」

大坂城《おおさかじょう》二の丸《まる》の庭《にわ》です。拾《ひろい》というのが子《こ》どもの名前《なまえ》でした。

「ほうれ、つかまえた」

「あきゃぁっ！」

うしろから抱《だ》きあげられて、拾《ひろい》がかわいい悲鳴《ひめい》をあげました。

まんまるな顔《かお》には笑顔《えがお》がひろがっています。

秀吉《ひでよし》にはずっと子《こ》どもがいませんでした。拾《ひろい》の前《まえ》に鶴松《つるまつ》という兄《あに》がいましたが、三歳《さい》というおさなさで死《し》んでしまい、いまは拾《ひろい》だけが唯一《ゆいいつ》の子《こ》どもです。

拾《ひろい》は二歳《さい》、秀吉《ひでよし》はすでに五十九歳《さい》。

戦国時代《せんごくじだい》はいまよりもずっと、人《ひと》の寿命《じゅみょう》が短《みじか》かったので、五十九歳《さい》といえばかなりのおじいちゃんです。

秀吉《ひでよし》は、この拾《ひろい》のことがかわいくてなりません。なのに〝拾《ひろ》う〟という意味《いみ》のきみょうな名《な》をつけているのはなぜでしょう。

昔《むかし》は、自分《じぶん》の子《こ》ではない子《こ》を育《そだ》てると、その子《こ》は長生《ながい》きすると信《しん》じられていました。そのため、秀吉《ひでよし》は〝捨《す》てられていた子《こ》を拾《ひろ》って育《そだ》てている〟という意味《いみ》をこめ、拾《ひろい》となづけたのです。

ちなみに、拾《ひろい》のお兄《にい》ちゃんである鶴松《つるまつ》の最初《さいしょ》の名前《なまえ》は〝棄《すて》〟でした。こちらは〝この子《こ》は棄《す》てられた子《こ》だ〟という意味《いみ》です。

二人《ふたり》がたのしそうに遊《あそ》ぶ姿《すがた》を、若《わか》い女《おんな》の人《ひと》が遠《とお》くから見《み》つめていました。

「お父《とう》さまにご無理《むり》をさせてはいけませんよ」

女《おんな》の人《ひと》が拾《ひろい》に言《い》いました。

「俺《おれ》は大丈夫《だいじょうぶ》だ。茶々《ちゃちゃ》」

秀吉《ひでよし》は、その女《おんな》の人《ひと》を茶々《ちゃちゃ》と呼《よ》びました。

この女性《じょせい》——茶々《ちゃちゃ》が拾《ひろい》の母親《ははおや》で、あの織田信長《おだのぶなが》の妹《いもうと》・お市《いち》の娘《むすめ》でした。

安土城《あづちじょう》のお話《はなし》の時《とき》に、近江《おうみ》の浅井長政《あざいながまさ》のお話《はなし》をしたのをおぼえているでしょうか。あの時《とき》、信長《のぶなが》は、長政《ながまさ》に自分《じぶん》の妹《いもうと》と結婚《けっこん》させて同盟《どうめい》を結《むす》んだという説明《せつめい》をしました。

この時嫁《ときよめ》にいったのがお市《いち》です。

そしてその後《ご》、お市《いち》と長政《ながまさ》の間《あいだ》に生《う》まれた最初《さいしょ》の娘《むすめ》が、茶々《ちゃちゃ》でした。

つまり茶々《ちゃちゃ》は、信長《のぶなが》の姪《めい》になるのです。

「おっ、これ拾《ひろい》っ」

秀吉《ひでよし》に抱《だ》きあげられていた拾《ひろい》が、短《みじか》い手足《てあし》をばたばたさせて彼《かれ》の手《て》からのがれようとします。あまりにもはげしくばたつくので、秀吉《ひでよし》は拾《ひろい》を地面《じめん》におろしました。

「きゃあっ」

ふたたび拾《ひろい》が走《はし》りだしました。時《とき》おり、つかまえてくれといった様子《ようす》で、秀吉《ひでよし》のほうをちらちらとふりかえっています。

「こら、だめですよ拾《ひろい》」

茶々《ちゃちゃ》がたしなめます。

「よい、よい」

とろけそうな笑顔《えがお》で、秀吉《ひでよし》が茶々《ちゃちゃ》に言《い》いました。

茶々《ちゃちゃ》は、秀吉《ひでよし》の側室《そくしつ》です。

戦国大名《せんごくだいみょう》は正式《せいしき》な奥《おく》さんのほかにも、妻《つま》がいました。それは、家《いえ》を守《まも》るために必要《ひつよう》なことだったのです。

秀吉《ひでよし》も、正室《せいしつ》のおねのほかに側室《そくしつ》をもちました。茶々《ちゃちゃ》もその一人《ひとり》です。

秀吉《ひでよし》は茶々《ちゃちゃ》に淀《よど》という名前《なまえ》の城《しろ》を与《あた》え、そこに住《す》まわせたことがありました。そのため秀吉《ひでよし》の家臣《かしん》たちからは〝淀《よど》の方《かた》〟と呼《よ》ばれています。

「待《ま》て待《ま》て拾《ひろい》よ」

「きゃっ」

親子《おやこ》は追《お》いかけっこに夢中《むちゅう》です。広《ひろ》い大坂城《おおさかじょう》の庭《にわ》は、どれだけ駆《か》けても大丈夫《だいじょうぶ》でした。

このころには、大坂城《おおさかじょう》は総構《そうがまえ》も完成《かんせい》し、多《おお》くの武士《ぶし》や民《たみ》がつどい、活気《かっき》のある町《まち》へと成《せい》長《ちょう》していました。文禄《ぶんろく》二（一五九三）年《ねん》、大坂城《おおさかじょう》で生《う》まれた拾《ひろい》は、この町《まち》とともに育《そだ》ってゆきます。

「俺《おれ》はこうしてお主《ぬし》と遊《あそ》んでいる時《とき》が、一番《いちばん》しあわせじゃ」

拾《ひろい》を追《お》いかけながら、秀吉《ひでよし》がしみじみとつぶやきます。

信長《のぶなが》の足軽《あしがる》だったころから、戦《いくさ》ばかりの日々《ひび》でした。

みずからの手《て》で天下統一《てんかとういつ》をなしとげて、平和《へいわ》な世《よ》に子《こ》どもと遊《あそ》ぶ。

それは若《わか》いころからずっと夢《ゆめ》みていた光景《こうけい》でした。

拾《ひろい》の背後《はいご》に駆《か》けよって、そっと抱《だ》きあげます。

「きゃあっ」

「すこし大人《おとな》しゅうしてくれ」

そのまま秀吉《ひでよし》は歩《ある》きだし、庭《にわ》を出《で》て二の丸《まる》にある櫓《やぐら》へとやってきました。うしろには茶々《ちゃちゃ》がついてきています。

誰《だれ》もが秀吉《ひでよし》に頭《あたま》をさげます。

拾《ひろい》を抱《だ》いたまま、秀吉《ひでよし》は櫓《やぐら》をのぼってゆきました。

「ほら見《み》ろ」

櫓《やぐら》の最上階《さいじょうかい》まで来《く》ると、拾《ひろい》に言《い》いました。

「この町《まち》はお主《ぬし》の町《まち》じゃ！」

秀吉《ひでよし》が、窓《まど》のそとに広《ひろ》がる大坂城《おおさかじょう》の総構《そうがまえ》を拾《ひろい》に見《み》せながら叫《さけ》びます。拾《ひろい》は父親《ちちおや》のとつぜんの大《おお》声《ごえ》にびっくりして、思《おも》わず泣《な》きそうになりました。

「殿《との》、こちらへ」

茶々《ちゃちゃ》が拾《ひろい》を抱《だ》こうと手《て》をのばしましたが、秀《ひで》吉《よし》は首《くび》を横《よこ》にふりました。

まんまるな瞳《ひとみ》で秀吉《ひでよし》を見《み》つめていた拾《ひろい》が、やがて父《ちち》の視線《しせん》の方向《ほうこう》へと顔《かお》を向《む》けました。

父《ちち》が見《み》ていたのは、大坂《おおさか》の町《まち》でした。

ひしめきあうような家々《いえいえ》の間《あいだ》を、たくさんの人《ひと》が歩《ある》いています。

侍《さむらい》もいれば、町人《ちょうにん》もいました。野菜《やさい》を売《う》りにきている近隣《きんりん》の百姓《ひゃくしょう》たちもいます。

戦《いくさ》のない世《よ》を、誰《だれ》もが笑顔《えがお》で生《い》きていました。

「俺《おれ》のものはすべて、お前《まえ》のものだ。わかるか、拾《ひろい》」

秀吉《ひでよし》の言葉《ことば》に、拾《ひろい》が首《くび》をかしげます。

「まだこの子《こ》はふたつです。わかるわけがありません」

「いや、俺《おれ》の子《こ》だ。ぜったいにわかっておる」

父《ちち》と母《はは》が話《はな》している様子《ようす》を、拾《ひろい》はごきげんにながめています。

「信長様《のぶながさま》、俺《おれ》はやりましたぞ」

大坂《おおさか》の町《まち》にしずんでゆく太陽《たいよう》を見《み》つめて、秀吉《ひでよし》はまぶしそうに目《め》を細《ほそ》めました。

赤《あか》くなろうとしている太陽《たいよう》に、信長《のぶなが》の幻《まぼろし》がだぶってみえます。

秀吉《ひでよし》はこの時《とき》、すでに信長《のぶなが》が死《し》んだ歳《とし》より十もながく生《い》きていました。

信長《のぶなが》の幻《まぼろし》は、いまの秀吉《ひでよし》よりも若《わか》い姿《すがた》でほほえみかけています。


よくやったぞ猿《さる》……。

信長《のぶなが》の声《こえ》が聞《き》こえたような気《き》がしました。

「信長様《のぶながさま》！」

秀吉《ひでよし》が叫《さけ》ぶと、幻《まぼろし》は夕日《ゆうひ》のなかに消《き》えてしまいました。

その時《とき》。

「いたっ」

拾《ひろい》が秀吉《ひでよし》のあごひげをひっぱっています。父《ちち》の痛《いた》がった姿《すがた》がおもしろかったのか、拾《ひろい》はひげを力《ちから》いっぱいつかんだまま、げらげらと笑《わら》っていました。

茶々《ちゃちゃ》が拾《ひろい》のちいさな手《て》に手《て》を添《そ》え、手《て》を開《ひら》かせようとします。

「こら、やめなさい」

母《はは》に言《い》われても、拾《ひろい》はおもしろがってひっぱりつづけます。

たまらず、秀吉《ひでよし》は思《おも》いきり自分《じぶん》の頭《あたま》をのけぞらせました。

ぶちぶちぶち。

かなりのひげが、拾《ひろい》のにぎった手《て》のなかにぬけて残《のこ》っていました。

「いったぁぁあっ！」

秀吉《ひでよし》が叫《さけ》ぶと、拾《ひろい》はいっそうはげしく笑《わら》いはじめました。

秀吉《ひでよし》の目《め》から涙《なみだ》がぽろぽろとあふれました。信長《のぶなが》の声《こえ》を聞《き》いたからなのか、ひげがぬけたからなのか、自分《じぶん》でもよくわかりません。

「拾《ひろい》は大物《おおもの》になるぞ」

涙《なみだ》を流《なが》しながら、秀吉《ひでよし》はうれしそうに言《い》います。

本当《ほんとう》にしあわせでした。


慶長《けいちょう》三（一五九八）年《ねん》八月《がつ》十八日《にち》。

豊臣秀吉《とよとみひでよし》は京《きょう》の伏見城《ふしみじょう》で生涯《しょうがい》を終《お》えます。六十二歳《さい》でした。

露《つゆ》と落《お》ち露《つゆ》と消《き》えにしわが身《み》かななにわの事《こと》も夢《ゆめ》のまた夢《ゆめ》

秀吉《ひでよし》の辞世《じせい》の句《く》です。

彼《かれ》の死《し》から十七年後《ねんご》の慶長《けいちょう》二十（一六一五）年《ねん》、秀吉《ひでよし》が築《きず》いた大坂城《おおさかじょう》は、〝親友《しんゆう》〟家康《いえやす》によって破壊《はかい》されました。

それについては、またべつのお話《はなし》で……。

二《に》百《ひゃく》六《ろく》十《じゅう》年《ねん》の太平《たいへい》はこの城《しろ》よりはじまった？

徳《とく》川《がわ》家《いえ》康《やす》と江《え》戸《ど》城《じょう》

百年《ひゃくねん》あまりもの長《なが》い間《あいだ》、日本全国《にほんぜんこく》で戦《いくさ》がくりひろげられていた時代《じだい》。

それが戦国時代《せんごくじだい》です。

前回《ぜんかい》の大坂城《おおさかじょう》のお話《はなし》で、天下《てんか》を統一《とういつ》したのは豊臣秀吉《とよとみひでよし》だと説明《せつめい》しました。

しかし……。

本当《ほんとう》の平和《へいわ》は、まだおとずれていなかったのです。

戦国時代《せんごくじだい》が真《しん》の終《お》わりをむかえるためには、もう一度《ど》、大名《だいみょう》たちが戦《たたか》う必要《ひつよう》がありました。

それも、天下《てんか》をふたつに分《わ》けるほどの大《おお》きな戦《たたか》いです。

この戦《いくさ》の勝者《しょうしゃ》が、今度《こんど》こそ本当《ほんとう》に戦乱《せんらん》を終《お》わらせました。

そして、それから二百《ひゃく》六十年《ねん》もの間《あいだ》、日本《にほん》に平和《へいわ》をもたらしたのです。

その中心《ちゅうしん》となったのが、江戸城《えどじょう》でした。

今回《こんかい》は、戦乱《せんらん》を終《お》わらせた男《おとこ》と、江戸城《えどじょう》との物語《ものがたり》です。

大幅《おおはば》な領地《りょうち》アップ！　しかしその現実《げんじつ》は？

「見《み》られよ家康殿《いえやすどの》」

そう言《い》ったのは豊臣秀吉《とよとみひでよし》でした。となりにいる徳川家康《とくがわいえやす》を、得意《とくい》げに見《み》ています。

天正《てんしょう》十八（一五九〇）年《ねん》、二人《ふたり》は、山《やま》の頂《いただき》あたりに立《た》っていました。

その山《やま》の名《な》は石垣山《いしがきやま》。

眼下《がんか》には巨大《きょだい》な城《しろ》がありました。

「ここからならば、小田原城《おだわらじょう》を取《と》りかこむわれらの軍勢《ぐんぜい》もはっきりと見《み》わたせますな」

家康《いえやす》がこたえます。

二人《ふたり》が見《み》おろしているのは、小田原城《おだわらじょう》でした。

この城《しろ》は、小田原《おだわら》の町《まち》をすべて城《しろ》のなかにかこみこんだ総構《そうがまえ》というつくりです。町《まち》ひとつが城《しろ》なので、兵糧《ひょうろう》などの心配《しんぱい》もありません。町人《ちょうにん》も百姓《ひゃくしょう》もその土地《とち》ごといっしょに城《しろ》にいるので、田《た》んぼや畑《はたけ》もあります。

少々《しょうしょう》の軍勢《ぐんぜい》に攻《せ》められても、この城《しろ》にこもってさえいれば安心《あんしん》でした。じっさい、この城《しろ》の主《あるじ》である北条氏《ほうじょうし》は、籠城《ろうじょう》によってなんども勝利《しょうり》をえています。

しかし今回《こんかい》は、これまでとはわけがちがいました。

秀吉《ひでよし》のひきいる兵《へい》は二十万《まん》を超《こ》す大軍《たいぐん》です。しかも全国《ぜんこく》を味方《みかた》につけている秀吉《ひでよし》には、各地《かくち》から兵糧《ひょうろう》が運《はこ》びこまれることになっていました。

どれだけの期間《きかん》でも戦《たたか》えるのです。

「この城《しろ》を見《み》れば、やつらは戦《たたか》う気《き》すらうしなうじゃろうて」

秀吉《ひでよし》は、眼下《がんか》の小田原城《おだわらじょう》にくるりと背《せ》を向《む》けました。

二人《ふたり》の立《た》っている石垣山《いしがきやま》の斜面《しゃめん》に、なんと天守閣《てんしゅかく》が築《きず》かれています。

「これが石垣山《いしがきやま》の一夜城《いちやじょう》じゃ！」

両手《りょうて》を広《ひろ》げて秀吉《ひでよし》が叫《さけ》びます。家康《いえやす》も、同《おな》じように城《しろ》を見《み》あげていました。

「きのうの夜《よる》、この城《しろ》をかくしていた木《き》をいっきに切《き》らせた。小田原城《おだわらじょう》にこもっておるやつらは一夜《いちや》にして城《しろ》があらわれたと、おどろいていることであろう！　あはははは」

胸《むね》を張《は》って、秀吉《ひでよし》が笑《わら》います。

家康《いえやす》は、人《ひと》の心《こころ》を読《よ》んだ秀吉《ひでよし》の戦《たたか》いかたにつくづく感心《かんしん》していました。たしかに秀吉《ひでよし》が言《い》うとおり、毎日目《まいにちめ》にしていた山《やま》に、一夜《いちや》あけたら立派《りっぱ》な天守《てんしゅ》が建《た》っていたとなったら、籠城《ろうじょう》に疲《つか》れた兵《へい》たちのおどろきは、想像《そうぞう》をぜっするものになるでしょう。しかも秀吉《ひでよし》は、この城《しろ》を出現《しゅつげん》させる以前《いぜん》にも、敵《てき》のやる気《き》をそぐような戦法《せんぽう》をとっていました。

いくら城《しろ》のなかの兵糧《ひょうろう》がじゅうぶんだといっても、周囲《しゅうい》を二十万《まん》を超《こ》す大軍《たいぐん》でかこまれているのです。北条《ほうじょう》の兵《へい》たちのストレスは相当《そうとう》なものでした。いつ秀吉《ひでよし》の兵《へい》が攻《せ》めてくるのかわかりません。見張《みは》りもたてなければならないし、心《こころ》の底《そこ》から休《やす》めるような場所《ばしょ》などどこにもありませんでした。

そんな敵《てき》の心《こころ》をもてあそぶように、秀吉《ひでよし》はひきいてきた兵《へい》たちのために、芸人《げいにん》や商人《しょうにん》たちを呼《よ》びよせたのです。

そして酒《さけ》や食《た》べ物《もの》を売《う》り、昼《ひる》から宴会《えんかい》をすることを許《ゆる》したのでした。

これを、城《しろ》の兵《へい》たちはどう思《おも》うでしょう？

城内《じょうない》では大軍《たいぐん》におびえ、緊張《きんちょう》の毎日《まいにち》をすごしているというのに、敵《てき》は昼日中《ひるひなか》から酒《さけ》を飲《の》んで、たのしそうにさわいでいるのです。

「や、やってられるか……」

そう思《おも》っても無理《むり》はありません。

これらはすべて秀吉《ひでよし》の策略《さくりゃく》でした。

「戦《たたか》うのに一番大事《いちばんだいじ》なのは気持《きも》ちだ。自分《じぶん》から戦《たたか》おうと思《おも》うている者《もの》と、むりやり戦《たたか》わされている者《もの》とでは、戦《たたか》いかたがちがう。まずは敵《てき》の戦《たたか》う気持《きも》ちを失《な》くすことが肝心《かんじん》なのじゃ」

秀吉《ひでよし》が家康《いえやす》を見《み》ました。

「戦上手《いくさじょうず》と呼《よ》ばれた家康殿《いえやすどの》に、俺《おれ》なんかがこんなことを言《い》う必要《ひつよう》なんかありませんでしたな」

家康《いえやす》がゆっくりと口《くち》を開《ひら》きました。

「いやいや。関白殿下《かんぱくでんか》の戦《たたか》いぶりには、いつもおどろかされるばかりでありまする」

「そう申《もう》されながら、長久手《ながくて》では俺《おれ》をさんざんに打《う》ち負《ま》かしたくせに」

いたずらっ子《こ》のような目《め》つきで、秀吉《ひでよし》が家康《いえやす》をにらみます。

「いやはや……」

家康《いえやす》は額《ひたい》に手《て》をあて、指《ゆび》さきでかりかりとかきます。

汗《あせ》がうっすらとにじんでいました。

冗談《じょうだん》のような口調《くちょう》の秀吉《ひでよし》の言葉《ことば》ですが、本当《ほんとう》のところでは、まだ彼《かれ》は家康《いえやす》を恨《うら》んでいるのです。

二人《ふたり》とも戦国武将《せんごくぶしょう》。

負《ま》けず嫌《ぎら》いなのは当《あ》たり前《まえ》です。

自分《じぶん》に勝《か》った家康《いえやす》を、秀吉《ひでよし》は家臣《かしん》にした今《いま》でも警戒《けいかい》していました。

「あの時《とき》は運《うん》がよかっただけ。あのまま戦《いくさ》をつづけておれば、かならず儂《わし》は関白殿下《かんぱくでんか》に負《ま》けておりました」

「いや、どうなっておったかわからぬぞ」

「負《ま》けておりました」

うらみがましいまなざしを向《む》けてくる秀吉《ひでよし》に、家康《いえやす》はきっぱりと言《い》いました。

「うむ……」

しばらく家康《いえやす》をにらんでいた秀吉《ひでよし》が、ちいさな息《いき》をひとつ吐《は》いてふたたび小田原城《おだわらじょう》の方《ほう》へ向《む》きなおりました。

「この戦《いくさ》はいずれ勝《か》つ」

秀吉《ひでよし》が言《い》いきります。

家康《いえやす》もそう思《おも》っていました。

北条家《ほうじょうけ》が敗北《はいぼく》をみとめるのは、時間《じかん》の問題《もんだい》でしょう。

「家康殿《いえやすどの》よ」

秀吉《ひでよし》の声《こえ》が重《おも》くしずんだのを、家康《いえやす》は聞《き》きのがしませんでした。

「はい」

しんちょうにこたえます。

秀吉《ひでよし》の視線《しせん》を感《かん》じました。しかし家康《いえやす》は目《め》をあわせようとせず、小田原城《おだわらじょう》を見《み》おろしつづけました。

「北条家《ほうじょうけ》が敗《やぶ》れれば、やつらが治《おさ》めておった領地《りょうち》が空《あ》き地《ち》になる」

「そうなりましょうな」

「ざっと見《み》て、二百万石《ひゃくまんごく》はくだるまい」

二百万石《ひゃくまんごく》という領地《りょうち》は、とほうもないものでした。

三河《みかわ》から出発《しゅっぱつ》した家康《いえやす》は、このとき今川義元《いまがわよしもと》の領地《りょうち》であった駿河《するが》と遠江《とおとうみ》。そして武田家《たけだけ》のものだった甲斐《かい》と信濃《しなの》（いまの長野県《ながのけん》あたり）を手《て》にいれ、五か国《こく》を領《りょう》していました。

しかしそれでも百《ひゃく》五十万石程度《まんごくていど》です。

北条家《ほうじょうけ》の領地《りょうち》は広大《こうだい》でした。

「空《あ》いた二百万石《ひゃくまんごく》を、今回参戦《こんかいさんせん》してくれた者《もの》たちに分《わ》けねばならぬ」

「そうなりましょうな」

戦《いくさ》に勝《か》つと、手柄《てがら》にあわせた褒美《ほうび》をあげなければなりません。この褒美《ほうび》は恩賞《おんしょう》と呼《よ》ばれ、基本的《きほんてき》に領地《りょうち》で支払《しはら》われることになっていました。

武士《ぶし》はこの恩賞《おんしょう》を求《もと》めて戦《いくさ》に出《で》るのです。

「北条《ほうじょう》が治《おさ》めていた関八州《かんはっしゅう》と呼《よ》ばれる関東八《かんとうはっ》か国《こく》。しめて二百《ひゃく》五十万石《まんごく》。どのように配分《はいぶん》するか、俺《おれ》はまよっておるのじゃ」

「まよう……」

家康《いえやす》は思《おも》わず秀吉《ひでよし》を見《み》、ついに目《め》が合《あ》ってしまいました。

その秀吉《ひでよし》の顔《かお》は、なにかうしろぐらいことをたくらんでいるような、いやな目《め》つきです。

心臓《しんぞう》がどくどくと脈打《みゃくう》つのを、家康《いえやす》は感《かん》じていました。

わるい予感《よかん》がします。

「俺《おれ》はこの関東《かんとう》を分《わ》けずに、ある者《もの》にゆずろうと思《おも》っておるのじゃ」

「…………」

家康《いえやす》はこたえることができません。

こんな話《はなし》を秀吉《ひでよし》がするということは、その〝ある者《もの》〟というのが誰《だれ》なのかは聞《き》かずともわかります。

「もらってくれるか家康殿《いえやすどの》？」

「……そ、それは……」

思《おも》わず口《くち》ごもってしまいました。

「百《ひゃく》五十万石《まんごく》から百万石《ひゃくまんごく》もの加増《かぞう》。二百《ひゃく》五十万石《まんごく》ともなれば、俺《おれ》以外《いがい》の大名《だいみょう》は誰《だれ》もかなわ

ぬ。不服《ふふく》か？」

領地《りょうち》が増《ふ》えることに不満《ふまん》はありません。

しかし、今持《いまも》っている領地《りょうち》とひきかえに、という条件《じょうけん》が、家康《いえやす》にはこたえました。

家康《いえやす》にとって三河《みかわ》という土地《とち》は、先祖《せんぞ》が暮《く》らしてきた大事《だいじ》な場所《ばしょ》なのです。

おさないころ今川義元《いまがわよしもと》の人質《ひとじち》として生《い》きていた時《とき》も、三河《みかわ》の侍《さむらい》たちが家康《いえやす》を主《あるじ》としてささえてくれました。

家康《いえやす》にとっても家臣《かしん》たちにとっても、三河《みかわ》という土地《とち》は特別《とくべつ》なのです。

そして秀吉《ひでよし》のねらいがそこにあることにも、家康《いえやす》は気《き》づいていました。

三河《みかわ》の地《ち》から家康《いえやす》を切《き》りはなすことで、力《ちから》を削《そ》ぐつもりなのです。

「どうした家康殿《いえやすどの》？　受《う》けてくれぬのか」

三河《みかわ》の地《ち》は、はなれがたい。

しかし相手《あいて》は天下《てんか》の関白《かんぱく》。さからえば、ここにあつまった二十万《まん》を超《こ》す大軍《たいぐん》が、こんどは自分《じぶん》の敵《てき》になるのです。

小牧《こまき》・長久手《ながくて》のころとは、立場《たちば》がちがっていました。

「ありがたきしあわせにござります」

家康《いえやす》はふかぶかと頭《あたま》をさげました。

「そうかっ、受《う》けてくれるか。ならば一刻《いっこく》もはやく北条《ほうじょう》を追《お》いださねばならぬなっ！」

子《こ》どものように無邪気《むじゃき》な口調《くちょう》にもどった秀吉《ひでよし》とは対照的《たいしょうてき》に、家康《いえやす》は暗《くら》い気持《きも》ちをかかえ、小田原城《おだわらじょう》を見《み》おろしつづけました。

天下分《てんかわ》け目《め》の大決戦《だいけっせん》

慶長《けいちょう》三（一五九八）年《ねん》。
豊臣秀吉《とよとみひでよし》が六十二歳《さい》でこの世《よ》を去《さ》りました。
「やっと儂《わし》の番《ばん》がきた！」
家康《いえやす》は、天下取《てんかと》りに向《む》けてすぐに行動《こうどう》を開始《かいし》しました。
秀吉《ひでよし》は死《し》ぬ前《まえ》に、五人《にん》の有力大名《ゆうりょくだいみょう》を〝大老《たいろう》〟という職《しょく》につかせます。
家康《いえやす》はその筆頭《ひっとう》でした。
領地《りょうち》は関東《かんとう》を中心《ちゅうしん》とした二百五十万石《ひゃくまんごく》という強大《きょうだい》なものです。
なにしろ、二百万石《ひゃくまんごく》をこす大名《だいみょう》は家康《いえやす》以外《いがい》に一人《ひとり》もいませんでした。
「儂《わし》は秀吉様《ひでよしさま》から、政《まつりごと》をまかされておる！」
いろいろなことを強引《ごういん》にすすめてゆく家康《いえやす》に、多《おお》くの大名《だいみょう》たちが不満《ふまん》を覚《おぼ》えています。
その代表《だいひょう》が石田三成《いしだみつなり》でした。

三成《みつなり》は寺《てら》の小僧《こぞう》であった自分《じぶん》を大名《だいみょう》にしてくれた秀吉《ひでよし》のことを、じつの父《ちち》のようにしたっていました。ですから秀吉《ひでよし》の死後《しご》、なにごとも自分勝手《じぶんかって》に決《き》めてゆく家康《いえやす》のことをいまいましく思《おも》っていました。

「あいつだけはぜったいに許《ゆる》さんっ！」

三成《みつなり》は会津《あいづ》の上杉景勝《うえすぎかげかつ》と手《て》を結《むす》び、ともに家康《いえやす》を倒《たお》そうと考《かんが》えました。

このころの家康《いえやす》は、江戸城《えどじょう》を関東支配《かんとうしはい》の居城《きょじょう》にしていたとはいえ、主《おも》な生活場所《せいかつばしょ》は京《きょう》や大坂《おおさか》でした。秀吉《ひでよし》が死《し》んでも、政《まつりごと》の中心《ちゅうしん》は関西《かんさい》にあったのです。

上杉景勝《うえすぎかげかつ》は、家康《いえやす》を関東《かんとう》へと誘《さそ》いだそうとしました。会津《あいづ》で戦《いくさ》をおこし、家康《いえやす》が関東《かんとう》に動《うご》いたすきに、三成《みつなり》が大坂《おおさか》で兵《へい》を挙《あ》げる。関西《かんさい》と会津《あいづ》からはさみうちにして家康《いえやす》をやぶるという策《さく》でした。

まず上杉《うえすぎ》は、会津《あいづ》じゅうの道《みち》に関所《せきしょ》をもうけたり、各地《かくち》に砦《とりで》をきずいたりしました。同時《どうじ》に浪人《ろうにん》たちをやとって、兵力《へいりょく》の増強《ぞうきょう》をはかり、武器《ぶき》を大量《たいりょう》に購入《こうにゅう》します。

秀吉《ひでよし》の天下《てんか》では、大名《だいみょう》が勝手《かって》に戦《いくさ》の準備《じゅんび》をするのは禁《きん》じられていました。したがって家康《いえやす》はこの決《き》まりに反《はん》すると、上杉《うえすぎ》を問《と》いつめます。

しかし上杉家《うえすぎけ》の家老《かろう》であった直江兼続《なおえかねつぐ》は、挑発的《ちょうはつてき》な書状《しょじょう》を家康《いえやす》に送《おく》りつけて、これに対抗《たいこう》します。

「道《みち》の整備《せいび》をするのは国《くに》を営《いとな》むためにとうぜんのこと。武器《ぶき》を買《か》いそろえることは武士《ぶし》のたしなみ。このようなことで文句《もんく》を言《い》われるのなら、いつでも相手《あいて》になりますぞ」

そんな意味《いみ》の書状《しょじょう》でした。

「若造《わかぞう》めが調子《ちょうし》にのりおって！」

怒《いか》りをあらわにした家康《いえやす》は、家臣《かしん》たちの前《まえ》で書状《しょじょう》をばりばりと破《やぶ》りすてました。

「上杉征伐《うえすぎせいばつ》じゃっ！」

家康《いえやす》のひと声《こえ》で、上杉《うえすぎ》との戦《いくさ》が決《き》まりました。

「これはあくまで豊臣家《とよとみけ》による会津征伐《あいづせいばつ》である」

取《と》り決《き》めに反《はん》したのは上杉家《うえすぎけ》のほうなのだから、天下《てんか》の兵《へい》をもって征伐《せいばつ》するというのが家康《いえやす》の論理《ろんり》でした。

そのため、全国《ぜんこく》の大名《だいみょう》たちが上杉征伐《うえすぎせいばつ》のために家康《いえやす》のもとにつどいます。

そして慶長《けいちょう》五（一六〇〇）年《ねん》の六月《がつ》十六日《にち》。

家康《いえやす》は尾張《おわり》の福島正則《ふくしままさのり》や筑前《ちくぜん》（いまの福岡県北西部《ふくおかけんほくせいぶ》あたり）の黒田長政《くろだながまさ》らを引《ひ》き連《つ》れて、会津征伐《あいづせいばつ》のために東海道《とうかいどう》をくだっていったのです。

数日後《すうじつご》、三成《みつなり》の居城《きょじょう》の佐和山城《さわやまじょう》です。

「よおっしっ！　家康《いえやす》が動《うご》いたぞっ！」

よろこんだのは石田三成《いしだみつなり》でした。

三成《みつなり》は、家康《いえやす》が大坂城《おおさかじょう》を出《で》た後《あと》のための策《さく》をねりつづけていたのです。

「なんだと、三成《みつなり》？　俺《おれ》は家康殿《いえやすどの》の加勢《かせい》に行《い》くのだぞっ」

「頼《たの》む吉継《よしつぐ》っ！　仲間《なかま》になってくれ。家康《いえやす》を討《う》つのはいましかないのだっ」

七月《がつ》に入《はい》り、家康《いえやす》の軍《ぐん》に合流《ごうりゅう》しようとしていた大谷吉継《おおたによしつぐ》を、みずからの領地《りょうち》である近江《おうみ》の佐和山《さわやま》で三成《みつなり》が必死《ひっし》に説《と》きます。

吉継《よしつぐ》と三成《みつなり》は、若《わか》いころから、ともに秀吉《ひでよし》の下《した》ではたらいてきた親友《しんゆう》でした。

「頼《たの》む……。吉継《よしつぐ》」

頭《あたま》をさげる三成《みつなり》の目《め》から涙《なみだ》がこぼれました。

「気位《きぐらい》の高《たか》いお前《まえ》がここまでして頼《たの》むなど、はじめてのことだな。わかった、お前《まえ》の味方《みかた》になろう」

吉継《よしつぐ》は友《とも》の熱意《ねつい》に負《ま》けました。

その後《ご》、中国地方《ちゅうごくちほう》の大大名《だいだいみょう》であり、五大老《ごたいろう》にも名《な》をつらねている毛利輝元《もうりてるもと》も仲間《なかま》に引《ひ》きこんだ三成《みつなり》は、ついに大坂《おおさか》で兵《へい》を挙《あ》げました。

家康《いえやす》がにくいという思《おも》いでつどった大名《だいみょう》たちの兵力《へいりょく》は、十万《まん》にもふくれあがっていました。

「そうか……。三成《みつなり》が動《うご》いたか」

家康《いえやす》が三成《みつなり》の挙兵《きょへい》を聞《き》いたのは、上杉討伐《うえすぎとうばつ》のために会津《あいづ》に向《む》かう道中《どうちゅう》でのことでした。

「どうなさいますか？」

重臣《じゅうしん》の本多正信《ほんだまさのぶ》が聞《き》きます。

正信《まさのぶ》は家康《いえやす》がまだ今川義元《いまがわよしもと》の元《もと》にいたころからの家臣《かしん》で、頭《あたま》がたいへん良《よ》く、非常《ひじょう》に信頼《しんらい》されていました。困《こま》ったことがあると家康《いえやす》は、この正信《まさのぶ》に相談《そうだん》するのが常《つね》でした。

家康《いえやす》は正信《まさのぶ》に答《こた》えます。

「ひきかえす」

「上杉《うえすぎ》はどうなさるおつもりですか？」

「真《しん》の敵《てき》は三成《みつなり》と毛利輝元《もうりてるもと》よ。そしてやつらに加勢《かせい》しておる者《もの》どもじゃ。上杉《うえすぎ》は陸奥《むつ》（いまの東北《とうほく》の一部《いちぶ》）の大名《だいみょう》たちにまかせておけばよい。三成《みつなり》どもが敗《やぶ》れれば、上杉《うえすぎ》も戦《たたか》う気《き》力《りょく》をうしなうじゃろう。ともかく三成《みつなり》どもを討《う》つ」

家康《いえやす》はそう決《き》めると、加勢《かせい》してくれている大名《だいみょう》たちと、七月《がつ》二十四日《か》に下野国《しもつけのくに》（いまの栃木県《とちぎけん》あたり）小山《おやま》という地《ち》で評定《ひょうじょう》を開《ひら》きました。〝評定《ひょうじょう》〟とは会議《かいぎ》のことです。

「石田三成《いしだみつなり》どもが兵《へい》を挙《あ》げた。儂《わし》はこれより東海道《とうかいどう》をのぼり、三成《みつなり》を討《う》つ。大坂《おおさか》に妻子《さいし》があるみなさまに、無理《むり》に加勢《かせい》をねがうわけにもいかん。三成《みつなり》らにつきたい方《かた》がおられれば、儂《わし》は止《と》めん」

「なにを申《もう》されるかっ！　俺《おれ》は家康殿《いえやすどの》にしたがうぞっ！」

席《せき》を立《た》って叫《さけ》んだのは福島正則《ふくしままさのり》でした。

彼《かれ》は秀吉《ひでよし》の親戚《しんせき》です。豊臣家《とよとみけ》とつながる正則《まさのり》の言葉《ことば》がきっかけになり、大名《だいみょう》たちはぞくぞくと家康《いえやす》の味方《みかた》を宣言《せんげん》しました。

しかし、それでも数名《すうめい》の者《もの》は場《ば》を去《さ》ってゆきます。さきほどの言葉《ことば》どおり、家康《いえやす》は止《と》めませんでした。

味方《みかた》になる大名《だいみょう》たちがそろったところで、一人《ひとり》の男《おとこ》が手《て》をあげました。

「あの……」

白髪《しらが》まじりの老人《ろうじん》です。

「なにかな山内殿《やまうちどの》？」

家康《いえやす》が男《おとこ》の名《な》を呼《よ》びました。

彼《かれ》は山内一豊《やまうちかずとよ》。長年《ながねん》、豊臣家《とよとみけ》につかえる小大名《しょうだいみょう》です。

「みなさまが東海道《とうかいどう》をすばやく進《すす》めるよう、儂《わし》の城《しろ》を家康殿《いえやすどの》におあずけしたいのですが」

「なに？　城《しろ》をあずけてくれると申《もう》されるのか」

家康《いえやす》はおどろきました。

大名《だいみょう》にとって城《しろ》は領地《りょうち》といっしょ。

それこそ命《いのち》です。

一豊《かずとよ》は命《いのち》ともいえる城《しろ》を、家康《いえやす》にあずけると言《い》ったのでした。

「山内殿《やまうちどの》のお心《こころ》……。この家康《いえやす》、生涯《しょうがい》忘《わす》れぬぞ」

これをきっかけに、東海道《とうかいどう》の大名《だいみょう》たちがこぞって家康《いえやす》に城《しろ》をあずけると言《い》いだしました。

三成《みつなり》がいる関西方面《かんさいほうめん》まで、なんの障害《しょうがい》もない道《みち》ができあがりました。

「いざっ！　決戦《けっせん》じゃ！」


小山《おやま》で評定《ひょうじょう》を終《お》えてからひと月《つき》あまりがすぎようとしていました。

とうぜん家康《いえやす》は、三成《みつなり》との決戦《けっせん》に向《む》けて、関西方面《かんさいほうめん》へとすすんだのだと思《おも》うでしょう。

いえ。

家康《いえやす》はまだ関東《かんとう》にいました。

しかも自分《じぶん》の居城《きょじょう》である江戸城《えどじょう》に。

この城《しろ》は、室町時代《むろまちじだい》に太田道灌《おおたどうかん》という人《ひと》が築《きず》いてから、のちに北条家《ほうじょうけ》のものとなり、秀吉《ひでよし》の小田原攻《おだわらぜ》め以降《いこう》、家康《いえやす》が居城《きょじょう》として使《つか》っています。

しかし前《まえ》にも説明《せつめい》したように、家康自身《いえやすじしん》が大坂《おおさか》や京《きょう》にいることが多《おお》かったため、ほとんど手《て》を入《い》れておらず、昔《むかし》の城郭《じょうかく》とさして変《か》わらぬ状態《じょうたい》のままでした。天守《てんしゅ》もない、素朴《そぼく》な城《しろ》のなかで、家康《いえやす》はいったいなにをしていたのでしょう？

「殿《との》……」

障子戸《しょうじど》のむこうから本多正純《ほんだまさずみ》の声《こえ》が聞《き》こえてきました。

「入《はい》れ」

家康《いえやす》が言《い》うと、障子《しょうじ》がゆっくりと開《ひら》き、正純《まさずみ》がしずかに室内《しつない》に入《はい》ってきました。彼《かれ》は、先《さき》ほど説明《せつめい》した、家康《いえやす》が信頼《しんらい》する重臣《じゅうしん》、本多正信《ほんだまさのぶ》の子《こ》です。

「ううんっ！」

家康《いえやす》は大《おお》きく伸《の》びをしました。その右手《みぎて》には墨《すみ》をたっぷりふくんだ筆《ふで》がにぎられたままです。

「肩《かた》がこった」

首《くび》を右《みぎ》に左《ひだり》にと曲《ま》げ、うんうんうなっています。

「ずいぶんとお書《か》きになられましたな」

机《つくえ》の上《うえ》や床《ゆか》に積《つ》みあげられた紙《かみ》のたばを見《み》て、正純《まさずみ》が感心《かんしん》するように言《い》いました。

すべて手紙《てがみ》です。

「加勢《かせい》してくれそうな望《のぞ》みがすこしでもある者《もの》にはすべて書《か》いた。それだけではない。まよっている者《もの》には何通《なんつう》もしつこく書《か》いた」

「押《お》しの一手《いって》でございますな」

「そうじゃ」

正純《まさずみ》の言葉《ことば》に、家康《いえやす》はうれしそうにうなずきます。

「しかし……」

正純《まさずみ》がそう切《き》りだして、咳《せき》ばらいをひとつします。

「なんじゃ？」

「そろそろ前線《ぜんせん》の大名《だいみょう》らが、いらだちはじめておりまする」

「儂《わし》がおらぬことにうたがいをもちはじめておるということか」

「はい」

家康《いえやす》が江戸城《えどじょう》にとどまっている間《あいだ》に、福島正則《ふくしままさのり》や黒田長政《くろだながまさ》たちは、尾張《おわり》の清洲城《きよすじょう》へとたどりつきました。

かつて信長《のぶなが》の城《しろ》だった清洲城《きよすじょう》は、いまは福島正則《ふくしままさのり》の居城《きょじょう》です。彼《かれ》らは清洲城《きよすじょう》に集結《しゅうけつ》した後《あと》、美濃《みの》の岐阜城《ぎふじょう》を攻撃《こうげき》。難攻不落《なんこうふらく》と呼《よ》ばれていた城《しろ》を、たった一日《にち》で落《お》としてしまいます。

そのいきおいのまま、正則《まさのり》たちは、三成《みつなり》がこもる大垣城《おおがきじょう》をのぞむ赤坂《あかさか》の地《ち》に陣《じん》をしきました。

そこで家康《いえやす》を待《ま》っているのです。

「名代《みょうだい》として置《お》いておる忠勝《ただかつ》と直政《なおまさ》からも、そろそろ諸大名《しょだいみょう》のしびれもきれるころだという書状《しょじょう》がまいっております」

本多忠勝《ほんだただかつ》と井伊直政《いいなおまさ》。

彼《かれ》らは〝徳川四天王《とくがわしてんのう》〟と呼《よ》ばれ、重臣《じゅうしん》のなかでもとくに有名《ゆうめい》な二人《ふたり》です。

彼《かれ》らは名代《みょうだい》。いわば家康《いえやす》のかわりとして、正則《まさのり》たちと行動《こうどう》をともにしていました。

「万事《ばんじ》、策《さく》はつくした」

書状《しょじょう》の山《やま》を前《まえ》に、家康《いえやす》が立《た》ちあがり、正純《まさずみ》に言《い》います。

「そろそろ動《うご》くかの」
「はい」

家康《いえやす》が、正則《まさのり》たちが陣《じん》をしく赤坂《あかさか》の地《ち》についたのは、慶長《けいちょう》五（一六〇〇）年《ねん》九月《がつ》十四日《よっか》のことです。

ぐうぜんにも同《おな》じ日《ひ》に、このあたりにたどりついた者《もの》がいました。

小早川秀秋《こばやかわひであき》です。

彼《かれ》は家康《いえやす》が赤坂《あかさか》についた同《おな》じ日《ひ》に、大垣城《おおがきじょう》の西《にし》にある関ヶ原《せきがはら》へと到着《とうちゃく》。守《まも》っていた兵《へい》たちをむりやり押《お》しのけて、松尾山《まつおやま》へと布陣《ふじん》し

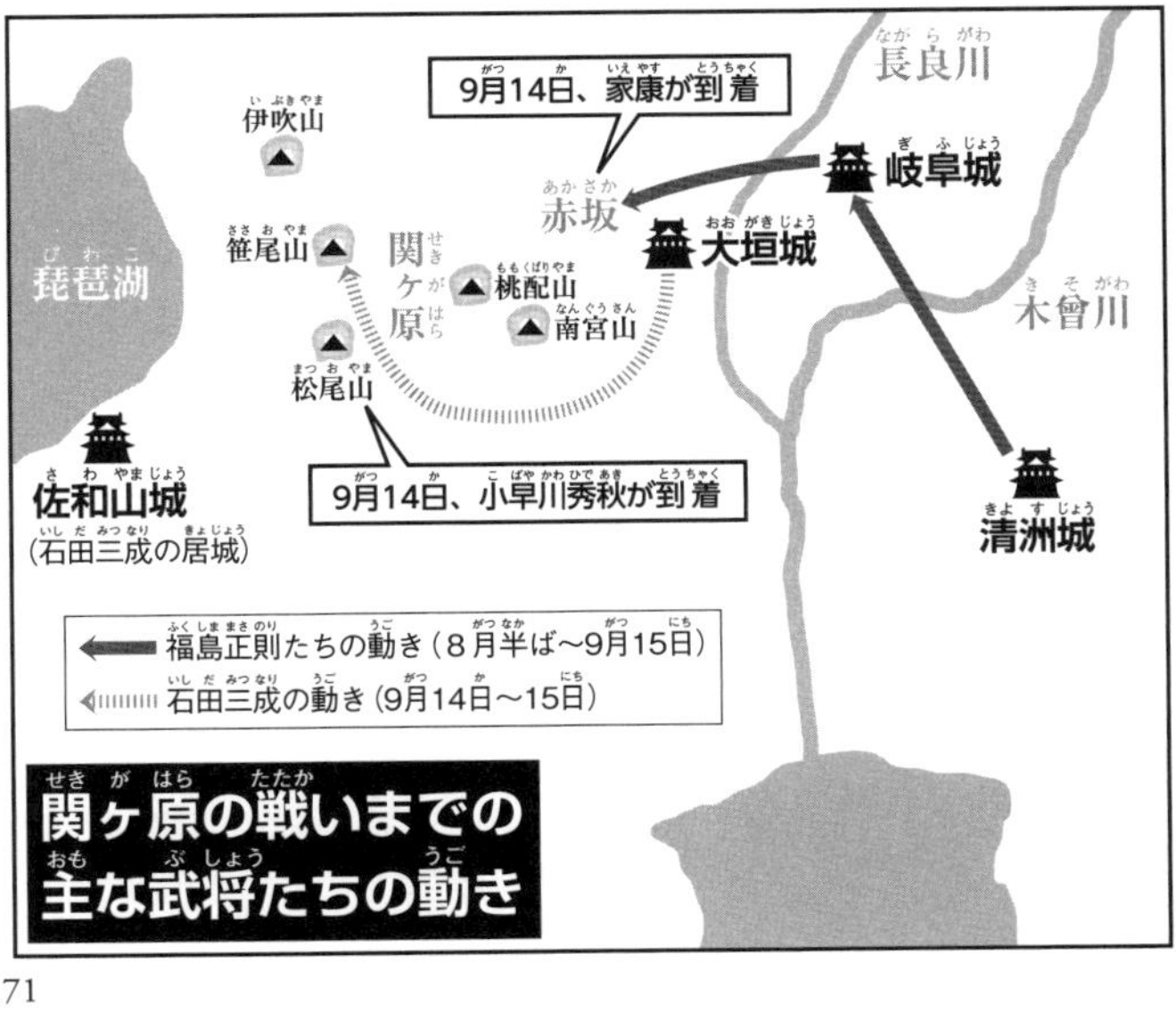

たのでした。

この秀秋《ひであき》は、もともと三成《みつなり》の味方《みかた》をしていました。しかしあまりにも兵《へい》を動《うご》かさない秀《ひで》秋《あき》に対《たい》し、三成《みつなり》はずっとうたがいの気《き》持《も》ちをもっています。

家康《いえやす》が赤坂《あかさか》につき、秀秋《ひであき》が関ヶ原《せきがはら》に陣《じん》をしいた……。

はさみうちをおそれた三成《みつなり》は、その日《ひ》の夜《よる》、ひそかに全軍《ぜんぐん》を大垣城《おおがきじょう》からひかせたのです。

向《む》かった場所《ばしょ》は……。

「関ヶ原《せきがはら》か」

報告《ほうこく》を聞《き》いた家康《いえやす》が言《い》いました。

「みなに伝《つた》えろ。すぐに陣《じん》をはらって関ヶ原《せきがはら》へと向《む》かうっ！」

三成《みつなり》たちを追《お》うようにして、家康《いえやす》たちも関ヶ原《せきがはら》に向《む》かいました。

決戦《けっせん》は朝《あさ》からはじまりました。

盆地《ぼんち》である関ヶ原《せきがはら》は、夜明《よあ》けから濃《こ》い霧《きり》におおわれていました。

敵味方《てきみかた》の区別《くべつ》すらできないほどの濃霧《のうむ》のなか、戦《いくさ》ははじまったのです。

たがいに八万《まん》あまりの大軍《たいぐん》をようしての戦《たたか》いでした。

両軍《りょうぐん》の兵力《へいりょく》については、いろいろな説《せつ》がありますが、全体《ぜんたい》で十七万《まん》ほどの軍勢《ぐんぜい》であったといわれています。

「どうなっておる？」

関《せき》ヶ原《はら》の東南《とうなん》に位置《いち》する桃配山《ももくばりやま》に布陣《ふじん》した家康《いえやす》が、家臣《かしん》たちに聞《き》きます。

あまりにも濃《こ》い霧《きり》のため、戦《いくさ》の展開《てんかい》がまったく読《よ》めません。

「いずれの前線《ぜんせん》も一進一退《いっしんいったい》をくりかえしておるようにござります」

「押《お》せ、押《お》すのじゃ」

家康《いえやす》はいらだちをかくせません。

関《せき》ヶ原《はら》の合戦布陣図《かっせんふじんず》（午前《ごぜん》８時《じ》　開戦時《かいせんじ》）

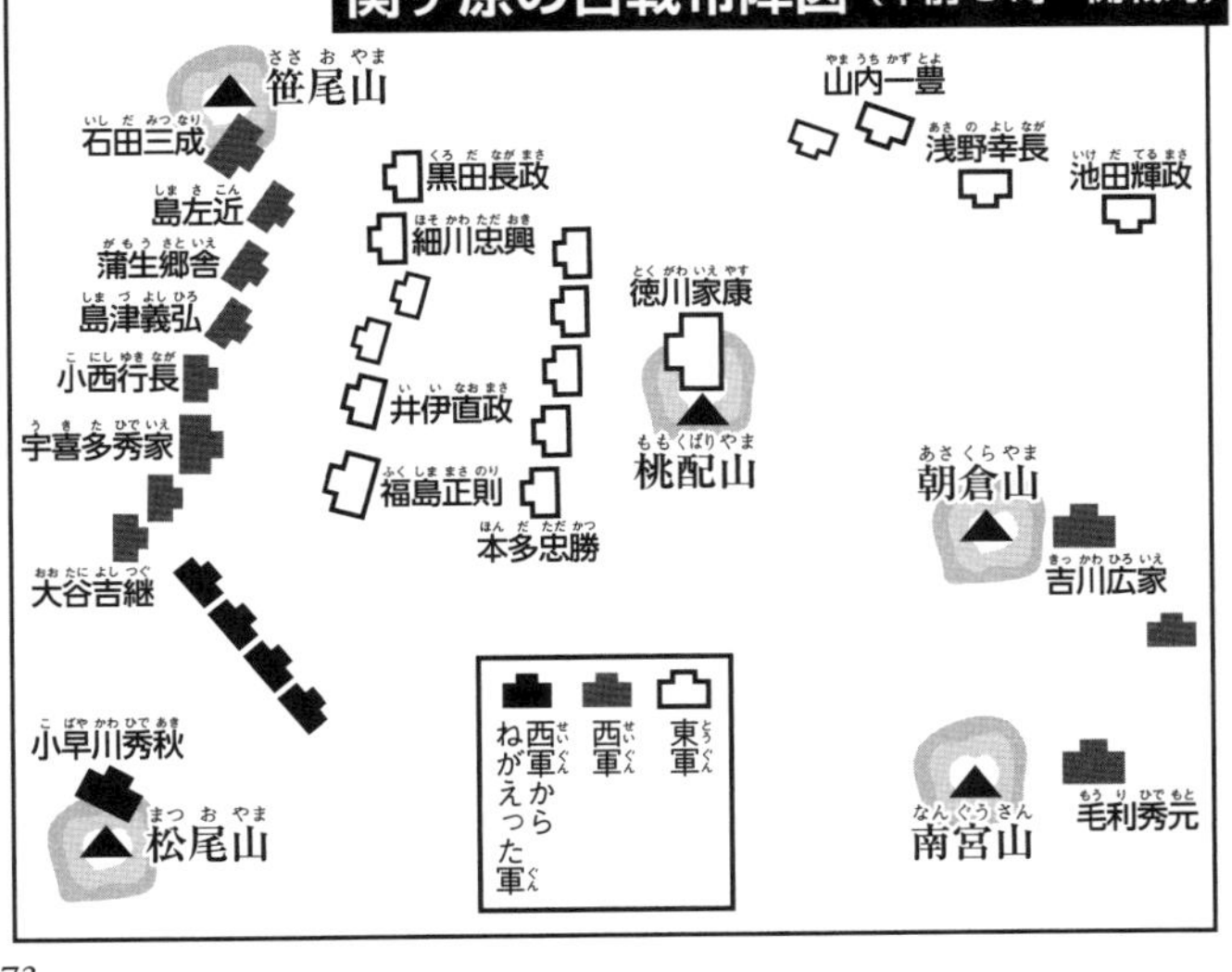

「こちらのほうが数《かず》では上《うえ》じゃ。負《ま》けるわけがない」

当初《とうしょ》は、三成《みつなり》に味方《みかた》すると表明《ひょうめい》している兵《へい》のほうが、数《かず》ではわずかに勝《まさ》っていました。

しかし松尾山《まつおやま》の小早川秀秋《こばやかわひであき》や、家康《いえやす》の背後《はいご》にある南宮山《なんぐうさん》に布陣《ふじん》した毛利家《もうりけ》の大軍《たいぐん》など、三成方《みつなりがた》には戦《いくさ》がはじまっても動《うご》かない勢力《せいりょく》がたくさんあったのです。

それを見《み》こして、家康《いえやす》は数《かず》ではこちらが上《うえ》だと言《い》ったのでした。

「数《かず》で勝《まさ》っておるというように、なぜ押《お》しきれぬ」

陽《ひ》が完全《かんぜん》にのぼり、すこしずつ霧《きり》が晴《は》れてきました。

家臣《かしん》が言《い》ったように、たしかに戦《いくさ》は一進一退《いっしんいったい》。

どちらが優勢《ゆうせい》だということもありません。

「えぇいっ！　このようなところでのんきに戦《いくさ》をながめておる場合《ばあい》ではないわっ！　押《お》しだすぞっ！」

家康《いえやす》は桃配山《ももくばりやま》をおりることを決断《けつだん》しました。

「山《やま》をおりて、戦場《せんじょう》のどまんなかに陣《じん》をしく。そこからみなを激励《げきれい》し、士気《しき》をあげるのじゃ」

桃配山《ももくばりやま》をおりた家康《いえやす》は、宣言《せんげん》どおり戦場《せんじょう》のまんなかに陣《じん》をしきました。

しかし戦況《せんきょう》はいっこうに動《うご》きません。

「松尾山《まつおやま》の小倅《こせがれ》はなにをしておるっ！」

家康《いえやす》がどなりました。

〝小倅《こせがれ》〟というのは、年若《としわか》い者《もの》をすこし馬鹿《ばか》にしたような言葉《ことば》づかいです。秀秋《ひであき》はこの時《とき》十九歳《さい》。参加《さんか》している大名《だいみょう》のなかではまだまだ子《こ》どもあつかいされていました。

じつは小早川秀秋《こばやかわひであき》は、三成《みつなり》を裏切《うらぎ》って家康《いえやす》に味方《みかた》すると、ひそかに約束《やくそく》していたのです。

なのに、いっこうに動《うご》く気配《けはい》がありません。

それを家康《いえやす》は怒《おこ》っていたのです。

「どうやらまよっておるらしく……」

家康《いえやす》のそばにひかえていた家臣《かしん》が、申《もう》しわけなさそうにこたえました。

家康《いえやす》の怒《いか》りがいっそうはげしくなります。

「武将《ぶしょう》ともあろう者《もの》が、戦《いくさ》のさなかにまよってどうするっ！　あの小倅《こせがれ》の目《め》をさまさせてやるっ！」

はるかなたに見《み》える松尾山《まつおやま》を、家康《いえやす》がにらんでいます。

「鉄砲《てっぽう》を撃《う》ちこめ」

「どこにでござりまするか？」

「小倅《こせがれ》のおる松尾山《まつおやま》じゃっ！」

家康《いえやす》の命令《めいれい》どおり、松尾山《まつおやま》に鉄砲《てっぽう》がはなたれました。

「ど、どこからの襲撃《しゅうげき》じゃ？」

松尾山《まつおやま》の山頂《さんちょう》にいた秀秋《ひであき》が、家臣《かしん》たちに問《と》います。

「家康殿《いえやすどの》からの……」

「なに？　家康殿《いえやすどの》が怒《おこ》っておるのか。ええい、わかった。兵《へい》を動《うご》かせ」

「どちらに向《む》けてでござりまするか？」

「三成《みつなり》どもを攻《せ》めるのじゃ！」

秀秋《ひであき》がひきいる一万《まん》六千《せん》もの兵《へい》が、いっせいに松尾山《まつおやま》をおります。

最初《さいしょ》におそいかかったのは、三成《みつなり》の親友《しんゆう》、大谷吉継《おおたによしつぐ》の軍勢《ぐんぜい》でした。

「秀秋《ひであき》めっ！　裏切《うらぎ》りおったかっ！」

秀秋《ひであき》の裏切《うらぎ》りをきっかけに、松尾山《まつおやま》のふもとにいた武将《ぶしょう》たちも家康《いえやす》の味方《みかた》となり、吉継《よしつぐ》はついにこらえきれずに敗走《はいそう》しました。

ひとつがくずれると、いきおいはいっきにかたむきます。

吉継《よしつぐ》の敗走《はいそう》をきっかけにして、三成《みつなり》がわの諸将《しょしょう》はつぎつぎと敗《やぶ》れてゆきました。

三成《みつなり》もまた兵《へい》たちとわかれて、伊吹山《いぶきやま》へと逃《に》げてゆきます。

この日《ひ》、多《おお》くの大名《だいみょう》たちが関ヶ原《せきがはら》の地《ち》に集結《しゅうけつ》し、戦国時代《せんごくじだい》の終《お》わりをかざる大戦《たいせん》をくりひろげました。

たった一日《にち》で決着《けっちゃく》を見《み》たこの戦《いくさ》ののち、天下《てんか》は、徳川《とくがわ》のもとに本当《ほんとう》の統一《とういつ》をはたしてゆくのです。

天下《てんか》の城《しろ》

慶長《けいちょう》八（一六〇三）年《ねん》二月《がつ》、徳川家康《とくがわいえやす》は朝廷《ちょうてい》から征夷大将軍《せいいたいしょうぐん》に任命《にんめい》されます。

この役職《やくしょく》は、もともとは平安時代《へいあんじだい》に東北地方《とうほくちほう》にいた朝廷《ちょうてい》にしたがわない勢力《せいりょく》を討伐《とうばつ》するためのものでしたが、その後《ご》、武士《ぶし》の頂点《ちょうてん》に立《た》つ者《もの》へ与《あた》えられるものへと変《か》わっていってます。

源頼朝《みなもとのよりとも》が任命《にんめい》されて鎌倉《かまくら》に幕府《ばくふ》を開《ひら》き、足利尊氏《あしかがたかうじ》は、京都《きょうと》で幕府《ばくふ》を開《ひら》きました。

〝幕府《ばくふ》〟というのは、朝廷《ちょうてい》にかわって国《くに》の政治《せいじ》を行《おこな》う機関《きかん》のことで、おもに武士《ぶし》によって運営《うんえい》されました。

そのため幕府《ばくふ》の筆頭《ひっとう》は、武士《ぶし》のトップである征夷大将軍《せいいたいしょうぐん》でなければなりません。

秀吉《ひでよし》が得《え》た地位《ちい》である〝関白《かんぱく》〟は、朝廷内《ちょうていない》の役職《やくしょく》のなかで非常《ひじょう》に高位《こうい》ではありますが、武士《ぶし》の役職《やくしょく》ではありませんでした。そのため秀吉《ひでよし》は幕府《ばくふ》を開《ひら》かなかったのです。

「江戸《えど》は幕府《ばくふ》の中心《ちゅうしん》じゃ。これからは江戸《えど》が天下《てんか》いちの町《まち》となるのじゃ」

家康《いえやす》は幕府《ばくふ》を開《ひら》くとともに、それまでわずかな改修《かいしゅう》しかしていなかった江戸城《えどじょう》を大々的《だいだいてき》につくりなおすことにしました。

「この石《いし》が島津《しまづ》のもんだとしっかりとわかるように、ちゃんと家紋《かもん》をきざんでおけっ」

薩摩《さつま》の石切《いしき》り場《ば》で叫《さけ》んでいるのは、島津《しまづ》の侍《さむらい》でした。

巨大《きょだい》な石《いし》が何個《なんこ》も切《き》りだされて、男《おとこ》たちによって運《はこ》ばれてゆきます。その表面《ひょうめん》には、島《しま》津《づ》の家紋《かもん》である、丸《まる》に十文字《じゅうもんじ》がきざまれていました。

「これからこの石《いし》たちは長《なが》い旅《たび》に出《で》るっ、荷《に》くずれせんように、しっかりと積《つ》むのじゃぞっ」

薩摩《さつま》の港《みなと》では、船《ふね》の荷《に》を監視《かんし》するべつの侍《さむらい》が叫《さけ》んでいました。

数日前《すうじつまえ》に石切《いしき》り場《ば》で切《き》りだされた岩《いわ》が、港《みなと》へと運《はこ》ばれ船《ふね》に乗《の》せられてゆきます。

やはりその表面《ひょうめん》には、丸《まる》に十文字《じゅうもんじ》。

「ここが島津家《しまづけ》にまかされた場所《ばしょ》じゃっ！　ほかの国《くに》に負《ま》けんように、しっかりと積《つ》みあげるのじゃっ！」

そう叫《さけ》ぶ島津《しまづ》の侍《さむらい》がいるのは、薩摩《さつま》ではありません。江戸《えど》です。

薩摩《さつま》で切《き》りだされた石《いし》は、はるばると海《うみ》をわたり江戸城《えどじょう》へと運《はこ》ばれたのでした。石《いし》を運《はこ》んだのは島津《しまづ》だけではありません。全国各地《ぜんこくかくち》から、江戸城《えどじょう》の石垣用《いしがきよう》につぎつぎと石《いし》が運《はこ》ばれました。

いまでも江戸城《えどじょう》の石垣《いしがき》が残《のこ》っているところには、その場所《ばしょ》を担当《たんとう》した大名家《だいみょうけ》の家紋《かもん》が確《かく》認《にん》できる石《いし》があります。

家康《いえやす》が行《おこな》ったのは、城《しろ》の改修《かいしゅう》だけではありませんでした。

「これから江戸《えど》には多《おお》くの人《ひと》があつまってくる。その住《す》まいをつくるための土地《とち》が必要《ひつよう》じゃ」

家康《いえやす》は、いまよりも陸《りく》の奥《おく》まで入《はい》りこんでいた東京湾《とうきょうわん》を埋《う》めたてることにしました。この時《とき》の埋《う》めたてによって生《う》まれた土地《とち》が、いまの東京都中央区《とうきょうとちゅうおうく》のあたりだといわれています。

家康《いえやす》の江戸改造《えどかいぞう》は止《と》まりません。

「全国《ぜんこく》から多《おお》くの品物《しなもの》もあつまってくるようになる。それらを運《はこ》ぶためには運河《うんが》が必要《ひつよう》じゃ。江戸《えど》の町《まち》じゅうに川《かわ》を張《は》りめぐらして、品物《しなもの》を運《はこ》ぶ道《みち》にする」

家康《いえやす》は運河《うんが》の整備《せいび》もはじめます。

江戸《えど》の北《きた》から南《みなみ》へと流《なが》れる隅田川《すみだがわ》と中川《なかがわ》の間《あいだ》に升目状《ますめじょう》に運河《うんが》を張《は》りめぐらして、物流《ぶつりゅう》を船《ふね》で行《おこな》える環境《かんきょう》をととのえました。

一方《いっぽう》で石垣《いしがき》の築造《ちくぞう》を終《お》えた江戸城《えどじょう》は、天守《てんしゅ》の建造《けんぞう》へと入《はい》ります。

「秀吉殿《ひでよしどの》の大坂城《おおさかじょう》は全体《ぜんたい》を黒《くろ》く塗《ぬ》っておった。儂《わし》の城《しろ》は白《しろ》だ。源氏《げんじ》の旗《はた》のように純白《じゅんぱく》に染《そ》めあげるのじゃ」

家康《いえやす》は家臣《かしん》たちに命《めい》じました。

〝源氏《げんじ》〟とは、はじめて幕府《ばくふ》を開《ひら》いた源頼朝《みなもとのよりとも》の家系《かけい》のことをいいます。

平安時代《へいあんじだい》の終《お》わりごろ、源氏《げんじ》と平氏《へいし》は武士《ぶし》の頂点《ちょうてん》に君臨《くんりん》するふたつの家《いえ》でした。

両者《りょうしゃ》は争《あらそ》い、頼朝《よりとも》の弟《おとうと》の源義経《みなもとのよしつね》らのかつやくで、平氏《へいし》が滅亡《めつぼう》します。

この時《とき》、平氏《へいし》と源氏《げんじ》が使用《しよう》したのが紅白《こうはく》の旗《はた》でした。

源氏《げんじ》は白《しろ》、平氏《へいし》は赤《あか》。

いまでも運動会《うんどうかい》などで紅白《こうはく》の帽子《ぼうし》をかぶったり、戦《たたか》う時《とき》に赤《あか》と白《しろ》に分《わ》かれるのは、源平《げんぺい》の戦《たたか》いを模《も》しているためだといわれています。

家康《いえやす》はみずから、源氏《げんじ》の流《なが》れをくんでいると宣言《せんげん》していました。

白《しろ》こそが源氏《げんじ》をあらわし、武士《ぶし》の頂点《ちょうてん》にあることをアピールする色《いろ》だったのです。


慶長《けいちょう》十二（一六〇七）年《ねん》。

家康《いえやす》の命《めい》じたとおり、城《しろ》はまぶしいほどの純白《じゅんぱく》にしあがりました。

壁《かべ》は漆喰《しっくい》と呼《よ》ばれる白《しろ》い土《つち》で塗《ぬ》られ、屋根《やね》をおおう瓦《かわら》は、鉛瓦《なまりがわら》という白《しろ》い物《もの》です。本丸《ほんまる》の石垣《いしがき》は、摂津《せっつ》（いまの大阪府《おおさかふ》北西部《ほくせいぶ》と兵庫県《ひょうごけん》南東部《なんとうぶ》あたり）でとれた御影石《みかげいし》と呼《よ》ばれる、これまた白《しろ》いものを、吟味《ぎんみ》して使《つか》っていました。

「な、なんちゅうまぶしい城《しろ》じゃ……」

家康《いえやす》への対面《たいめん》をするために城《しろ》をおとずれた大名《だいみょう》たちは、できあがった江戸城《えどじょう》を前《まえ》にしてただただ唖然《あぜん》とするばかりでした。

一人《ひとり》の年老《としお》いた武士《ぶし》が、江戸城《えどじょう》を見《み》て言《い》います。

「信長様《のぶながさま》の安土城《あづちじょう》は、唐風《からふう》の天守《てんしゅ》が奇抜《きばつ》でおどろいた。秀吉様《ひでよしさま》の大坂城《おおさかじょう》は、黒《くろ》と金《きん》のおさえた色《いろ》みのなかにきわだつ品《ひん》のよさを感《かん》じた。しかし、家康様《いえやすさま》の城《しろ》は、そのいずれともちがう……」

「どう思《おも》われた？」

近《ちか》くでその言葉《ことば》を聞《き》いていた若《わか》い侍《さむらい》が問《と》うと、ゆっくりとその老武士《ろうぶし》はこたえました。

「不器用《ぶきよう》なまでのまっすぐな力《ちから》じゃ。白一色《しろいっしょく》のみでつくられた城《しろ》は、家康殿《いえやすどの》の心《こころ》を見《み》ておるようじゃ。天下《てんか》をつかむ。それだけを目指《めざ》して戦《たたか》ってこられた純粋《じゅんすい》な志《こころざし》が、この城《しろ》の白《しろ》となってにじみでておる。そうは思《おも》われぬか？」

「は、はぁ……」

問《と》われた若者《わかもの》は苦笑《にがわら》いを浮《う》かべ、言葉《ことば》をにごしました。

家康《いえやす》は、陰《かげ》では狸《たぬき》と呼《よ》ばれていました。

一般的《いっぱんてき》に狸《たぬき》というのは人《ひと》を化《ば》かす、あまりいい印象《いんしょう》の獣《けもの》ではありません。

家康《いえやす》は多《おお》くの人《ひと》から、ずるがしこいと思《おも》われていたのです。

だから若者《わかもの》は老人《ろうじん》の言葉《ことば》に首《くび》をかしげたのでした。

家康《いえやす》のどこがまっすぐなのか？

どうして純白《じゅんぱく》が家康《いえやす》をあらわすのか？

老人《ろうじん》は溜《た》め息《いき》をつきながら、すこしだけ笑《わら》いました。

「お若《わか》いそなたには、なかなかわからぬであろうの……」

そう言《い》って、老人《ろうじん》は若者《わかもの》と別《わか》れ、江戸城内《えどじょうない》へと入《はい》ってゆきました。

「おぉ、来《き》たか」

家康《いえやす》は自室《じしつ》に入《はい》ってきた男《おとこ》に、うれしそうに声《こえ》をかけました。

「おひさしゅうござりまする」

ふかぶかとさげた頭《あたま》をあげて家康《いえやす》を見《み》たのは、さきほど堀《ほり》の外《そと》で若者《わかもの》と話《はな》していた老人《ろうじん》でした。

「正信《まさのぶ》よ」

家康《いえやす》は歩《ある》みよって老人《ろうじん》の肩《かた》を叩《たた》きました。すっかり老《お》いて髪《かみ》はまっしろですが、丸《まる》っこい体型《たいけい》だけは昔《むかし》と変《か》わりません。

そして、老人《ろうじん》は本多正信《ほんだまさのぶ》、家康《いえやす》の重臣《じゅうしん》だった男《おとこ》です。しかしいまはもう彼《かれ》の直接《ちょくせつ》の家臣《かしん》ではありません。

「みごとな城《しろ》ができあがりましたな」

「うむ」

うれしそうに家康《いえやす》がうなずきます。

二人《ふたり》は向《む》かいあうようにして座《すわ》りました。

「息子《むすこ》はどうじゃ？」

家康《いえやす》が問《と》いました。

正信《まさのぶ》はすこしだけ考《かんが》えてから口《くち》を開《ひら》きます。

「偉大《いだい》なお父上《ちちうえ》の重圧《じゅうあつ》に負《ま》けずに、奮闘《ふんとう》なされておりまする」

「儂《わし》が駿府《すんぷ》から口《くち》だしすることを、煙《けむ》たがってはおらぬか？」

「それはまぁ……」

「やはり煙《けむ》たがっておるか」

「お父上《ちちうえ》から小言《こごと》を言《い》われるのを、好《この》む子《こ》などおりますまい」

そう言《い》って正信《まさのぶ》がほほえむと、家康《いえやす》が大声《おおごえ》で笑《わら》います。

天下《てんか》が治《おさ》まったのち、慶長《けいちょう》十（一六〇五）年《ねん》に家康《いえやす》は息子《むすこ》の秀忠《ひでただ》に将軍《しょうぐん》の地位《ちい》をゆずり、みずからは駿河《するが》の駿府城《すんぷじょう》に隠居《いんきょ》しました。

この日《ひ》は、できあがったばかりの江戸城《えどじょう》をその目《め》で見《み》るために、駿河《するが》から江戸《えど》に来《き》ていたのです。

正信《まさのぶ》は秀忠《ひでただ》をささえるために、江戸《えど》に残《のこ》りました。つまりいまは秀忠《ひでただ》の家臣《かしん》で、そのため二人《ふたり》はひさしぶりの再会《さいかい》だったのです。

「お主《ぬし》も自分《じぶん》の息子《むすこ》に小言《こごと》を記《しる》した文《ふみ》を送《おく》りつけておるようだな」

家康《いえやす》が正信《まさのぶ》をにらみます。

「正純《まさずみ》がなにか申《もう》しておりましたか？」

「父上《ちちうえ》のありがたい言葉《ことば》がうるさくてかなわぬと、儂《わし》に泣《な》きつきおったわ」

二人《ふたり》は笑《わら》いあいます。

正信《まさのぶ》の息子《むすこ》の正純《まさずみ》は、家康《いえやす》のもとを離《はな》れた父《ちち》のかわりに駿府城《すんぷじょう》に入《はい》っていました。

いまでは家康《いえやす》の補佐《ほさ》をしています。

隠居《いんきょ》をしたとはいえ、全国《ぜんこく》の大名《だいみょう》たちや都《みやこ》の公家《くげ》など、多《おお》くの人《ひと》がまだ家康《いえやす》をしたっていました。その力《ちから》はまだおとろえてはいません。

そのため有能《ゆうのう》な補佐《ほさ》が必要《ひつよう》で、そうしてえらばれたのが正純《まさずみ》なのです。

「おたがい息子《むすこ》からは、まだまだ目《め》が離《はな》せず苦労《くろう》するの」

しみじみと家康《いえやす》がつぶやきました。

正信《まさのぶ》は目《め》を閉《と》じてうなずきます。そしてすこしだけ間《ま》をおき、口《くち》を開《ひら》きました。

「しかしこれからは息子《むすこ》たちの時代《じだい》にござりまする」

「そうじゃな」

家康《いえやす》は、はるかとおい場所《ばしょ》を見《み》るような目《め》をしてつぶやきました。

彼《かれ》が見《み》ているものは部屋《へや》のいずれにもありませんでした。壁《かべ》を突《つ》きぬけ、城《しろ》すらもはなれ、とおいとおい過去《かこ》を見《み》ていました。

「信長殿《のぶながどの》や秀吉殿《ひでよしどの》がおったからこそ、儂《わし》はいまここにおる。天下統一《てんかとういつ》などというとほうもない仕事《しごと》をなしとげる。それは一人《ひとり》の力《ちから》ではとうていできぬことじゃ。信長殿《のぶながどの》、秀吉殿《ひでよしどの》の夢《ゆめ》を受《う》けつぎ、こうして天下《てんか》を治《おさ》めることができた」

家康《いえやす》は、二年前《ねんまえ》に将軍《しょうぐん》を息子《むすこ》にゆずることで、徳川家《とくがわけ》が天下《てんか》を治《おさ》めてゆくということを全国《ぜんこく》の大名《だいみょう》たちに宣言《せんげん》しました。

それに不服《ふふく》を言《い》う者《もの》はもはやなく、みな家康《いえやす》の方針《ほうしん》にしたがったのです。

「徳川《とくがわ》の天下《てんか》は、いつまでつづくであろうかの……」

「秀忠様《ひでただきま》の世代《せだい》が、殿《との》の意志《いし》を受《う》けつぎ、りっぱにやってくれるはず。江戸《えど》はますますにぎやかになり、天下第一《てんかだいいち》の町《まち》となりましょう」

「そうじゃな。そろそろ儂《わし》らはおはらい箱《ばこ》じゃな」

「殿《との》はすでに隠居《いんきょ》なされておりまするる」

二人《ふたり》の老人《ろうじん》は時《とき》を忘《わす》れて昔話《むかしばなし》に花《はな》を咲《さ》かせます。

それは戦国《せんごく》という時代《じだい》の話《はなし》……。

三人《にん》の英雄《えいゆう》によって、天下《てんか》が統一《とういつ》されるまでの長《なが》い長《なが》い歴史《れきし》の物語《ものがたり》です。


家康《いえやす》が基礎《きそ》をつくった江戸《えど》の町《まち》は、十五代《だい》つづいた将軍《しょうぐん》たちによって、なんども改良《かいりょう》がくりかえされ、現在《げんざい》の東京《とうきょう》へとつながってゆきます。

そして、家康《いえやす》の築《きず》いた江戸城《えどじょう》もまた、その後《ご》の将軍《しょうぐん》たちによって二度《ど》の大《おお》きな改修《かいしゅう》を受《う》けます。

明暦《めいれき》の大火事《おおかじ》（明暦《めいれき》三年《ねん》、一六五七年《ねん》）によって本丸《ほんまる》が燃《も》えると、それ以降《いこう》、天守《てんしゅ》はつくられませんでした。

そしていまも、石垣《いしがき》や本丸《ほんまる》があった場所《ばしょ》は残《のこ》っています。

どこに？

みなさんが知《し》っている人《ひと》の住《す》まいになっています。
江戸城《えどじょう》があったところは、いまは皇居《こうきょ》とよばれています。
そうです。
天皇陛下《てんのうへいか》が住《す》んでいるところこそ、江戸城《えどじょう》のあった場所《ばしょ》なのです。
歴史《れきし》はいまも私《わたし》たちのそばにあるのです。

『戦国城《せんごくじょう》 信長《のぶなが》・秀吉《ひでよし》・家康《いえやす》……天下人《てんかびと》たちの夢《ゆめ》 編《へん》』 年表《ねんぴょう》

年	年号	出来事	ページ
1559年《ねん》	永禄《えいろく》	織田信長《おだのぶなが》が尾張《おわり》を平定《へいてい》する。	31ページ
1560年《ねん》		桶狭間《おけはざま》の戦《たたか》いで、織田信長《おだのぶなが》が今川義元《いまがわよしもと》を破《やぶ》る。	50ページ 129ページ
1562年《ねん》		松平元康《まつだいらもとやす》（徳川家康《とくがわいえやす》）が織田信長《おだのぶなが》と清洲同盟《きよすどうめい》を結《むす》ぶ。	130ページ
1567年《ねん》		稲葉山城《いなばやまじょう》の戦《たたか》いで、織田信長《おだのぶなが》が斎藤龍興《さいとうたつおき》を破《やぶ》る。	59ページ 133ページ
		織田信長《おだのぶなが》が天下布武《てんかふぶ》の印《いん》を使《つか》いはじめる。	59ページ
1568年《ねん》		足利義昭《あしかがよしあき》が室町幕府《むろまちばくふ》第《だい》十五代将軍《だいしょうぐん》になる。	60ページ
1570年《ねん》	元亀《げんき》	金ケ崎《かねがさき》の戦《たたか》いで、朝倉《あさくら》・浅井軍《あざいぐん》が織田《おだ》・徳川軍《とくがわぐん》を退《しりぞ》ける。	61ページ
		姉川《あねがわ》の戦《たたか》いで、織田《おだ》・徳川軍《とくがわぐん》が朝倉《あさくら》・浅井軍《あざいぐん》を破《やぶ》る。	65ページ
1573年《ねん》		織田信長《おだのぶなが》の足利義昭《あしかがよしあき》追放《ついほう》により室町幕府《むろまちばくふ》が滅亡《めつぼう》する。	65ページ
		織田信長《おだのぶなが》が、一乗谷城《いちじょうだにじょう》の戦《たたか》いで朝倉義景《あさくらよしかげ》を、小谷城《おだにじょう》の戦《たたか》いで浅井長政《あざいながまさ》を滅《ほろ》ぼす。	65ページ
1575年《ねん》	天正《てんしょう》	長篠《ながしの》の戦《たたか》いで、徳川《とくがわ》・織田軍《おだぐん》が武田勝頼《たけだかつより》を破《やぶ》る。	65ページ
1577年《ねん》		織田信長《おだのぶなが》が羽柴秀吉《はしばひでよし》に中国征伐《ちゅうごくせいばつ》を命《めい》じる。	73ページ
1580年《ねん》		織田信長《おだのぶなが》が長年《ながねん》にわたる一向衆《いっこうしゅう》との争《あらそ》いに勝利《しょうり》する。	116ページ
1582年《ねん》		明智光秀《あけちみつひで》による本能寺《ほんのうじ》の変《へん》で織田信長《おだのぶなが》が討《う》ち死《じ》にする。	101ページ 105ページ
		羽柴秀吉《はしばひでよし》が備中高松城《びっちゅうたかまつじょう》攻《ぜ》めを中止《ちゅうし》し、中国大返《ちゅうごくおおがえ》しを決行《けっこう》。	106ページ
		山崎《やまざき》の戦《たたか》いで、羽柴秀吉《はしばひでよし》が明智光秀《あけちみつひで》を破《やぶ》る。	106ページ

※ 白抜《しろぬ》き数字《すうじ》は、関連《かんれん》する本文《ほんぶん》のページです。

天正《てんしょう》

1583年《ねん》 清洲城《きよすじょう》で、織田信長《おだのぶなが》の後継者《こうけいしゃ》についての清洲会議《きよすかいぎ》がひらかれる。106ページ

賤ケ岳《しずがたけ》の戦《たたか》いで、羽柴秀吉《はしばひでよし》が柴田勝家《しばたかついえ》を破《やぶ》る。108ページ

1584年《ねん》 小牧《こまき》・長久手《ながくて》の戦《たたか》いで、羽柴秀吉《はしばひでよし》が織田信雄《おだのぶかつ》・徳川家康《とくがわいえやす》の連合軍《れんごうぐん》に敗《やぶ》れる。110ページ 126ページ 158ページ

1585年《ねん》 羽柴秀吉《はしばひでよし》が関白《かんぱく》になる。112ページ

1586年《ねん》 羽柴秀吉《はしばひでよし》が九州征伐《きゅうしゅうせいばつ》をおこなう。112ページ

羽柴秀吉《はしばひでよし》が太政大臣《だじょうだいじん》になり、豊臣姓《とよとみせい》をたまわる。

1590年《ねん》 豊臣秀吉《とよとみひでよし》が小田原征伐《おだわらせいばつ》をおこない、天下統一《てんかとういつ》が成《な》される。113ページ 149ページ

1591年《ねん》 豊臣秀吉《とよとみひでよし》が関白職《かんぱくしょく》を養子《ようし》・秀次《ひでつぐ》に譲《ゆず》り、太閤《たいこう》となる。

慶長《けいちょう》

1598年《ねん》 豊臣秀吉病没《とよとみひでよしびょうぼつ》。144ページ 160ページ

1600年《ねん》 徳川家康《とくがわいえやす》が上杉征伐《うえすぎせいばつ》をおこなう。162ページ

関ケ原《せきがはら》の戦《たたか》いで、徳川家康《とくがわいえやす》ひきいる東軍《とうぐん》が石田三成《いしだみつなり》ひきいる西軍《せいぐん》を破《やぶ》る。172ページ

1603年《ねん》 徳川家康《とくがわいえやす》が征夷大将軍《せいいたいしょうぐん》になり、江戸幕府《えどばくふ》を開《ひら》く。179ページ

1605年《ねん》 徳川秀忠《とくがわひでただ》が第《だい》二代《だい》征夷大将軍《せいいたいしょうぐん》に就《つ》き、徳川家康《とくがわいえやす》が大御所《おおごしょ》となる。188ページ

1614年《ねん》 大坂冬《おおさかふゆ》の陣《じん》にて徳川家康《とくがわいえやす》が豊臣秀頼《とよとみひでより》を攻《せ》める。

1615年《ねん》 大坂夏《おおさかなつ》の陣《じん》にて徳川家康《とくがわいえやす》が豊臣秀頼《とよとみひでより》を破《やぶ》る。豊臣家滅亡《とよとみけめつぼう》。145ページ

元和《げんな》

1616年《ねん》 徳川家康病没《とくがわいえやすびょうぼつ》。

当時《とうじ》の国名《こくめい》とこの本《ほん》に出《で》てくる主《おも》な城《しろ》の場所《ばしょ》など

（P00〜 は本文《ほんぶん》のページ数《すう》）

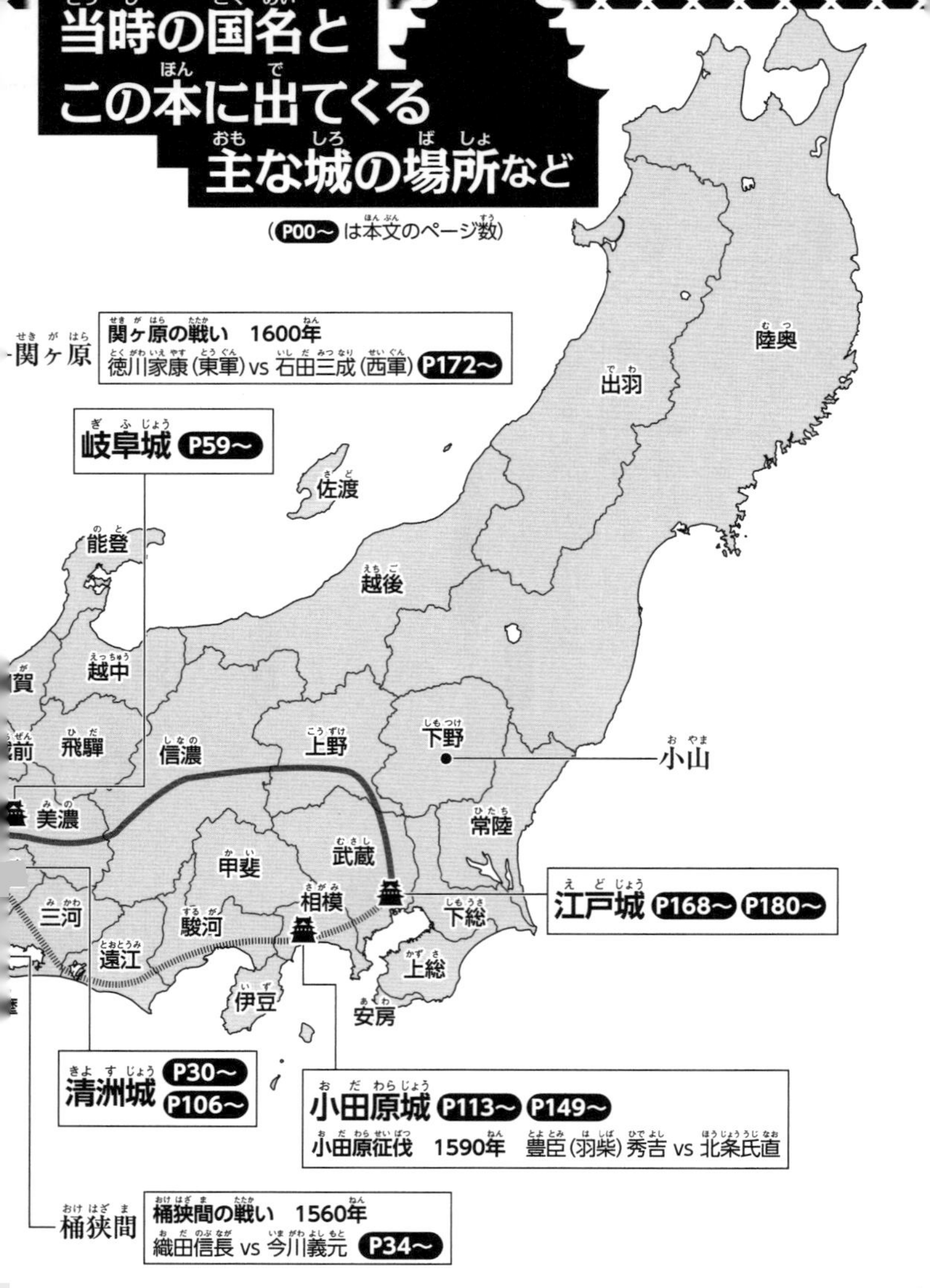

現在《げんざい》の都府県名《とふけんめい》

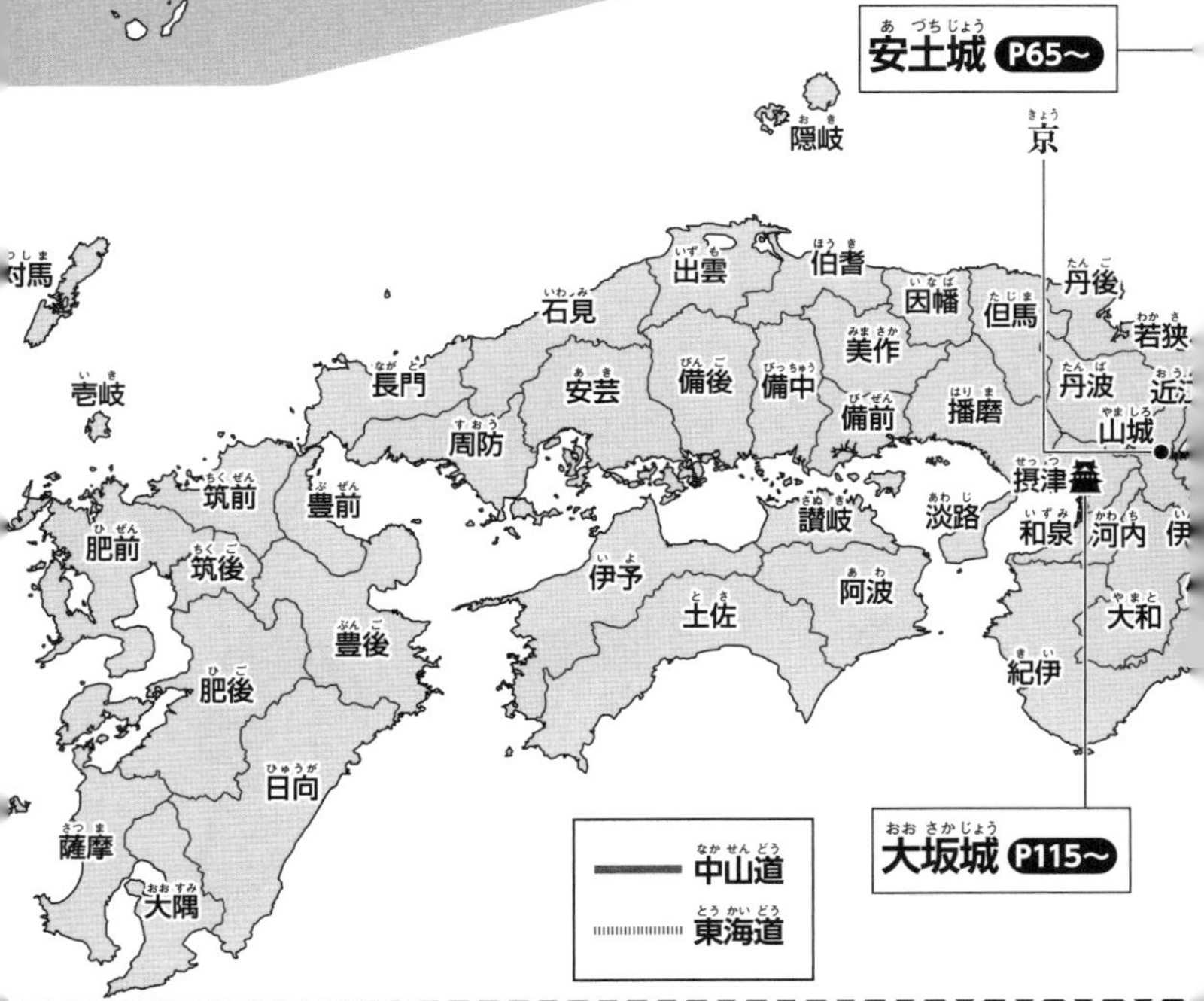

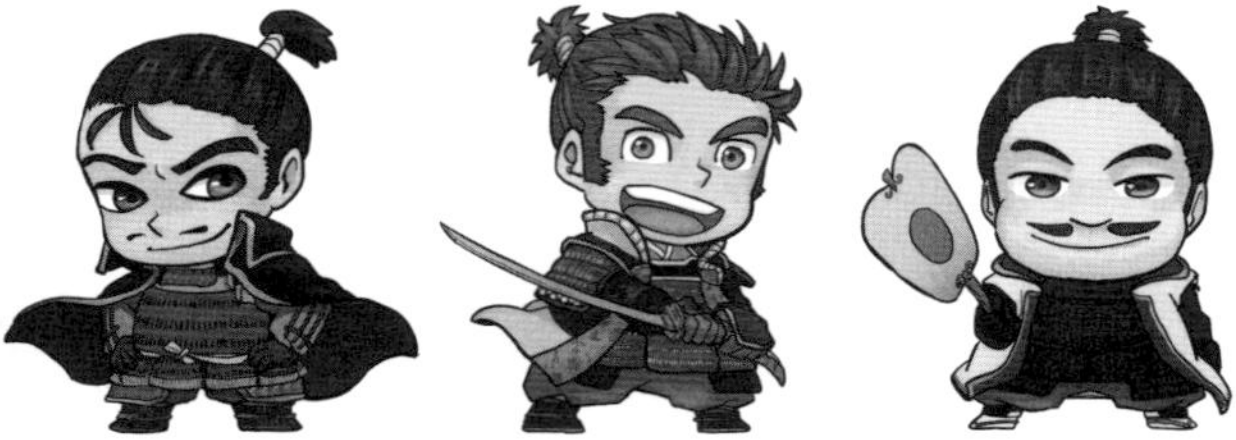

あとがき

三人《にん》の天下統一《てんかとういつ》という夢《ゆめ》のバトンリレー、いかがでしたか？

こうして見《み》てみると、まるで三人《にん》の運命《うんめい》は最初《さいしょ》から決《き》められていて、自分《じぶん》の役目《やくめ》を果《は》たしたところで死《し》んで、後《あと》の人《ひと》にバトンをわたした。そんな風《ふう》に思《おも》えてきます。

一人一人《ひとりひとり》が自分《じぶん》の与《あた》えられた使命《しめい》のために生《い》き、そして死《し》んでいった。まるで壮大《そうだい》なストーリーのように見《み》えたかもしれません。

しかし、それは違《ちが》います。

信長《のぶなが》も秀吉《ひでよし》も家康《いえやす》も、天下《てんか》を自《みずか》らの手《て》で統一《とういつ》したいと夢見《ゆめみ》て、自分自身《じぶんじしん》の人生《じんせい》を精一杯《せいいっぱい》、がむしゃらに生《い》きました。

けれども信長《のぶなが》と秀吉《ひでよし》は、様々《さまざま》な理由《りゆう》でその夢《ゆめ》を全《まっと》うし次代《じだい》につづけることはかなわず、最後《さいご》に残《のこ》った家康《いえやす》が、ほかの二人《ふたり》も抱《いだ》いていた夢《ゆめ》を叶《かな》えたのです。

三人《にん》の偉大《いだい》な人間《にんげん》が命《いのち》をかけて受《う》け継《つ》いで、はじめてやりとげたもの。

それが天下統一《てんかとういつ》なのです。

戦国時代《せんごくじだい》は百年以上《ひゃくねんいじょう》続《つづ》きました。戦《いくさ》があって当《あ》たり前《まえ》、平和《へいわ》な世《よ》の中《なか》など来《く》るわけがない。誰《だれ》もがそう思《おも》っていた時代《じだい》です。

だからこそ、信長《のぶなが》たちがやったことは偉大《いだい》なのです。

三人《にん》の英雄《えいゆう》たちが命《いのち》を繋《つな》いだからこそ、江戸時代《えどじだい》という太平《たいへい》の世《よ》が生《う》まれ、そしていまの時代《じだい》に繋《つな》がっているといえます。

彼《かれ》らのことを好《す》きだと思《おも》えたならば、皆《みな》さんもこれからの人生《じんせい》で何《なに》かなしとげたいことを見《み》つけ、チャレンジしてみたらどうでしょう？

もしかしたら先生《せんせい》やお父《とう》さんやお母《かあ》さんに、「それは無理《むり》だよ、できないよ」と言《い》われたとしても、あきらめず正面《しょうめん》からチャレンジする。

最初《さいしょ》はうまくいかないこともあるでしょう。止《や》めたくなることもあるでしょう。でも、少《すこ》しずつでもよいから努力《どりょく》を続《つづ》けていれば、いつか夢《ゆめ》が叶《かな》うかもしれません。

あなたのチャレンジしたいものはなんでしょう。

スポーツ？

勉強《べんきょう》？
それとも……。
なんでもよいのです。
誰《だれ》かが無理《むり》だと言《い》うことにだって、自分《じぶん》を信《しん》じてチャレンジする勇気《ゆうき》。
それが大事《だいじ》なことなんです。
信長《のぶなが》たちが叶《かな》えた天下統一《てんかとういつ》という夢《ゆめ》も、そんな小《ちい》さな勇気《ゆうき》からはじまったのですから。

矢野《やの》 隆《たかし》

【主要参考文献・資料】

『現代語訳　信長公記』大田牛一／著　中川太古／訳　新人物文庫
『信長記』上下　小瀬甫庵／撰　神郡周／校注　現代思潮社
『信長の城』千田嘉博／著　岩波新書
『戦争の日本史17　関ヶ原合戦と大坂の陣』笠谷和比古／著　吉川弘文館
『考証　織田信長事典』西ヶ谷恭弘／著　東京堂出版
『豊臣秀吉合戦総覧　別冊歴史読本21巻35号』新人物往来社／編　新人物往来社
『透視&断面イラスト　日本の城』西ヶ谷恭弘／監修　香川元太郎／イラストレーション　世界文化社
『城のつくり方図典』三浦正幸／著　小学館
『全国城攻め手帖』風来堂／編　メディアファクトリー
『一冊でわかる　イラストでわかる　図解戦国史』東京都歴史教育研究会／監修　成美堂出版編集部／編集　成美堂出版
『歴史文学地図　地図で知る戦国―下巻』地図で知る戦国編集委員会・ぶよう堂編集部／編　武揚堂
『山川ＭＯＯＫ　日本の城』山川出版社

この作品《さくひん》は、集英社《しゅうえいしゃ》みらい文庫《ぶんこ》のために書《か》き下《お》ろされたものです。

集英社みらい文庫

戦国城《せんごくじょう》

信長《のぶなが》・秀吉《ひでよし》・家康《いえやす》……天下人《てんかびと》たちの夢《ゆめ》 編《へん》

矢野《やの》 隆《たかし》　作
森川《もりかわ》 泉《いずみ》　絵

ファンレターのあて先
〒101-8050　東京都千代田区一ツ橋2-5-10　集英社みらい文庫編集部
いただいたお便りは編集部から先生におわたしいたします。

2016年4月27日　第1刷発行

発行者　鈴木晴彦
発行所　株式会社 集英社
〒101-8050　東京都千代田区一ツ橋2-5-10
電話　編集部 03-3230-6246
読者係 03-3230-6080
販売部 03-3230-6393（書店専用）
http://miraibunko.jp
装丁　小松 昇（Rise Design Room）　中島由佳理
年表作成　津田隆彦
印刷　大日本印刷株式会社　凸版印刷株式会社
製本　大日本印刷株式会社

★この作品は、歴史上の人物の人生や出来事などを、著者による創作を交えて描いたものです。
ISBN978-4-08-321316-8　C8293　N.D.C.913　202P　18cm

ラインナップ

戦国時代《せんごくじだい》、
武将《ぶしょう》たちと城《しろ》の感動《かんどう》＆興奮《こうふん》エピソード!!
『戦国城《せんごくじょう》』シリーズ第《だい》１弾《だん》！

戦《せん》国《ごく》城《じょう》 武将《ぶしょう》たちと熱《あつ》き戦《たたか》い編《へん》

矢野《やの》 隆《たかし》・作
森川《もりかわ》 泉《いずみ》・絵

戦国時代《せんごくじだい》、日本各地《にほんかくち》の城《しろ》で、多《おお》くの戦《たたか》いが繰《く》りひろげられました。「備中高松城《びっちゅうたかまつじょう》と秀吉《ひでよし》」「長篠城《ながしのじょう》と鳥居強右衛門《とりいすねえもん》」「小田原城《おだわらじょう》と北条家《ほうじょうけ》」「上田城《うえだじょう》と真田一族《さなだいちぞく》」……それぞれの戦略《せんりゃく》を駆使《くし》しながら武将《ぶしょう》たちが戦《たたか》った、４つの熱《あつ》い物語《ものがたり》を収録《しゅうろく》！

手の中に、ドキドキするみらい。

徳川《とくがわ》15人《にん》の将軍《しょうぐん》たち

小沢章友《おざわあきとも》・著　森川泉《もりかわいずみ》・絵

初代《しょだい》・家康《いえやす》から15代《だい》・慶喜《よしのぶ》まで。
江戸時代《えどじだい》265年《ねん》をつくりあげた
将軍《しょうぐん》15人《にん》それぞれの人生《じんせい》！

伝記《でんき》シリーズ

幕末《ばくまつ》ヒーローズ!!

坂本龍馬《さかもとりょうま》・西郷隆盛《さいごうたかもり》……
日本《にほん》の夜明《よあ》けをささえた8人《にん》!

奥山景布子《おくやまきょうこ》・著　佐嶋真実《さじままこと》・絵

西郷隆盛《さいごうたかもり》・木戸孝允《きどたかよし》（桂小五郎《かつらこごろう》）・
坂本龍馬《さかもとりょうま》・勝海舟《かつかいしゅう》・吉田松陰《よしだしょういん》・近藤勇《こんどういさみ》
緒方洪庵《おがたこうあん》・ジョン（中浜《なかはま》）万次郎《まんじろう》……
激動《げきどう》の時代《じだい》を生《い》きた8人《にん》！

「みらい文庫《ぶんこ》」読者《どくしゃ》のみなさんへ

言葉《ことば》を学《まな》ぶ、感性《かんせい》を磨《みが》く、創造力《そうぞうりょく》を育《はぐく》む……、読書《どくしょ》は「人間力《にんげんりょく》」を高《たか》めるために欠《か》かせません。たった一枚《いちまい》のページをめくる向《む》こう側《がわ》に、未知《みち》の世界《せかい》、ドキドキのみらいが無限《むげん》に広《ひろ》がっている。これこそが「本《ほん》」だけが持《も》っているパワーです。

学校《がっこう》の朝《あさ》の読書《どくしょ》に、休《やす》み時間《じかん》に、放課後《ほうかご》に……。いつでも、どこでも、すぐに続《つづ》きを読《よ》みたくなるような、魅力《みりょく》に溢《あふ》れる本《ほん》をたくさん揃《そろ》えていきたい。読書《どくしょ》がくれる、心《こころ》がきらきらしたり胸《むね》がきゅんとする瞬間《しゅんかん》を体験《たいけん》してほしい、楽《たの》しんでほしい。みらいの日本《にほん》、そして世界《せかい》を担《にな》うみなさんが、やがて大人《おとな》になった時《とき》、「読書《どくしょ》の魅力《みりょく》を初《はじ》めて知《し》った本《ほん》」「自分《じぶん》のおこづかいで初《はじ》めて買《か》った一冊《いっさつ》」と思《おも》い出《だ》してくれるような作品《さくひん》を一所懸命《いっしょけんめい》、大切《たいせつ》に創《つく》っていきたい。

そんないっぱいの想《おも》いを込《こ》めながら、作家《さっか》の先生方《せんせいがた》と一緒《いっしょ》に、私《わたし》たちは素敵《すてき》な本作《ほんづく》りを続《つづ》けていきます。「みらい文庫《ぶんこ》」は、無限《むげん》の宇宙《うちゅう》に浮《う》かぶ星《ほし》のように、夢《ゆめ》をたたえ輝《かがや》きながら、次々《つぎつぎ》と新《あたら》しく生《う》まれ続《つづ》けます。

本《ほん》を持《も》つ、その手《て》の中《なか》に、ドキドキするみらい――。

本《ほん》の宇宙《うちゅう》から、自分《じぶん》だけの健《すこ》やかな空想力《くうそうりょく》を育《そだ》て、〝みらいの星《ほし》〟をたくさん見《み》つけてください。

そして、大切《たいせつ》なこと、大切《たいせつ》な人《ひと》をきちんと守《まも》る、強《つよ》くて、やさしい大人《おとな》になってくれることを心《こころ》から願《ねが》っています。

2011年《ねん》　春《はる》

集英社《しゅうえいしゃ》みらい文庫編集部《ぶんこへんしゅうぶ》